メディアワークス文庫

百合の華には棘がある

木崎ちあき

＃1　花嫁の秘密

塀の外に出てから三日が経《た》った。

今日もまた、行く当てもなく新宿《しんじゅく》の街を彷徨《さまよ》っている。草臥《くたび》れたカーゴパンツのポケットに手を突っ込んでみたが、侘《わび》しいもので数枚の硬貨が入っているだけだ。前向きに見積もっても全財産は八百円くらいだろうか。このままでは場末のカプセルホテルの宿代すら払えない。小汚い路地裏で残飯を突《つつ》いている鴉《からす》の群れが、まるで自分の近い将来を暗示しているかのように思えてならなかった。朝っぱらから嫌な気分になり、荒川《あらかわ》ローサは小さく舌打ちをこぼした。

ワークブーツの足音を打ち鳴らして鴉たちを追い払い、大通りへと進む。牛丼屋やファミレスの看板に食欲を刺激されたが、有り金を考えると泣く泣く諦めるしかなかった。代わりにコンビニで百五十円のパンを買い、ちょっとずつ齧《かじ》りながら歩いていたところ、不意に『アルバイト募集』という文字が目に留まった。

年齢・性別・経験不問。履歴書不要。土日働ける人、大歓迎――古い建物の壁に貼り出された紙に目を通す。定食屋のようだ。ブランクのある方でも大丈夫、という一文に心を掴《つか》まれたローサは店の扉に手を伸ばした。準備中の札が掛かっていたが、鍵は開いている。

中に入ると、白い調理服姿の男がテーブルを拭いているところだった。この小太りで頭髪の薄い中年男が店の主《あるじ》のようだ。ローサの顔を見るや否や「すみません、うちは十時からでして」と丁寧に謝っていたが、言葉とは裏腹に面倒くさそうな声色が滲《にじ》んでいて、「準備中の文字が読めないのか」という本心が透けて見えた。

「あ、いや」ローサは首を振り、親指でドアの外を指した。「あのバイト募集の紙見て。雇ってほしいんですけど」

店主は「ああ、そうでしたか」と合点したが、露骨に嫌そうな顔になった。自分の容姿が気に喰《く》わないのだろうなとローサは悟った。髪の毛は色素が薄めの金髪で、肌は日焼けしたように浅黒い。彫りが深く、はっきりとした目鼻立ちは化粧をしていなくても派手に見られてしまう。見た目がチャラついていることは自覚しているし、そのことで幼少期から誤解を受けることも多々あった。

店主はローサに奥のテーブル席を勧めた。紙とペンを用意してから向かい合って座ると、前置きもなしにさっそく面接を始めた。

「名前は？」

「荒川ローサっす」

「ローサ？　カタカナで？」

「そうっす」ローサは頷《うなず》いた。「母親が、メキシコ系アメリカ人なんで」

「年齢は？」

「二十五っす」

答える度に店主がメモを書き込んでいく。端的な質問に、愛想のない冷めた声。おまけにどこか高圧的な態度。バイトの面接というより警察の取り調べみたいだとローサは懐かしい気分を覚えた。

「接客は得意？」

訊《き》かれ、返答に困る。接客の経験はなかった。だが、あの張り紙には経験不問と書いてあったから問題ないだろうと踏み、ローサは正直に答えることにした。

「いやー、わかんないっすね。やったことないんで」

店主の眉間に皺《しわ》が寄った。まずい流れだ。挽回《ばんかい》しようと、ローサは自分の長所をアピールした。「でも、腕には自信あるっす」

「腕？　料理の？」

「喧嘩《けんか》の」

ボールペンを走らせていた店主の手がぴたりと止まる。「喧嘩？」と訝《いぶか》しげに訊き返す店主に、ローサは胸を張って答えた。

「はい。あたし、腕っぷしは強いんで。厄介な客が来たときは、力ずくで追い返してみせますよ」

黒いタンクトップから伸びる腕を持ち上げ、ぐっと拳を握り、盛り上がった上腕二頭筋を見せつける。引退してからもトレーニングだけは欠かさなかった。

「そ、そうですか」喜んでもらえるかと思ったが、予想に反して店主は渋い顔になった。「それで、料理はできるの？」

「あー、料理は無理っすね」

ローサは自信満々に返した。

「前にやったことあるんすけど、三日で担当外されました。あたしの作る飯、激マズらしくて」

「どこの店で働いてたの？」

「店っていうか」ここで隠したところで、どうせいつかはバレることだ。ローサはあっけらかんと事実を告げた。「刑務所っす」

店主は絶句していた。

クラブ『NOBLESSE《ノブレス》』は銀座《ぎんざ》七丁目に店を構えている。シックな赤と眩《まばゆ》いゴールドを基調とした華々しい内装は上昇志向の強い人間に受けが良《い》いらしく、客層は政財界や芸能界、文化人などの大物が占めていた。エントランスから入って右手の席にいる客はドラマやバラエティで引っ張りだこの中堅俳優、その三つ横の席には日本代表に名を連ねるプロ野球選手たちが陣取っている。奥のテーブルでふんぞり返っているのは大手銀行の頭取と野党のベテラン議員だ。まるで競い合うかのようにあちこちの卓でボトルの栓が開けられていく。長年この国を取り巻いている不景気も、ここの客には関係がないようだ。

「この日本を動かしてるのは政治家じゃない、我々官僚なんだよ。いつも偉そうにしてるくせに、あいつらは俺らが作った資料がないと、まともに答弁もできないんだから」

隣に座る男が愚痴を漏らし、シャンパングラスを呷《あお》った。彼は財務省に勤めるキャリア官僚で、歳《とし》は三十後半。生真面目そうな見た目をしているが、根っからの酒好きだ。酔っ払うと口が軽くなり、政治家の秘密をベラベラと喋《しゃべ》り出《だ》す癖がある。

槙小百合《まきさゆり》は微笑《ほほえ》みを湛《たた》え、空になったグラスに酒を注《つ》いだ。男が顔を近付け、小声で言う。「進民党《しんみんとう》の政調会長、この店の常連でしょ？　ユリさんも気を付けた方がいいよ。あの人は本当に女癖が悪いから」

「あら、そうなんですか？」

「若い女の議員や政治部の記者に、すぐ手を出すもんな」連れの客が頷いた。「還暦のジジイのくせに」

眼鏡をかけた優男風だが、口は悪い。受け取った名刺には『法務省矯正局』と記されていた。この二人は大学時代からの友人らしいが、お互い鬱憤が溜《た》まっている様子で、政府に対する陰口は途切れそうになかった。

「今の内閣は酷《ひど》いもんだよ。財務大臣は裏でかなり汚いことやってる」

「前任の防衛大臣もヤバかったよな。保坂邦彦《ほさかくにひこ》。素行も性格も難ありでさ。横柄で扱いが難しいから、誰も秘書官に付きたがらなかったって話だ」

「保坂さんといえば」と、小百合は話題を振った。「ご子息が前回の選挙でご当選されましたね」

「そう、親父《おやじ》の地盤を引き継いだんだ。その息子がまた出来損ないでさ。外国人から献金受け取ってるらしくて、さっそく東京地検に目をつけられてる」

「二世議員にはろくな奴《やつ》がいないよな。あの法務大臣の息子だって、叩《たた》けば埃《ほこり》が出そうだ」

現・法務大臣の松田《まつだ》和夫《かずお》。その息子の松田千《ち》尋《ひろ》もまた、一回生議員として活躍している進民党の若手ホープだ。

松田和夫が法務大臣の座に就くのは今回で二度目だった。秘書へのセクハラ問題で前大臣が辞任したためにポストが空き、急遽《きゅうきょ》経験のある松田が任命されたのだが、元々は政界を退くつもりでいたらしい。再就任のオファーを受けたのは、実の息子が父親の地盤を引き継ぐことを断り、家とは縁もゆかりもない選挙区である福岡《ふくおか》一区から出馬を決めたからだ。そのこともあってか、松田和夫と千尋の親子仲はあまり良くないと噂《うわさ》されている。「まあ、親父の力を借りなかっただけ、保坂よりマシかもしれないな」と官僚は偉そうな声色で言った。

「そうでもないぞ」と、眼鏡の官僚が声を潜めて告げる。「警察庁から矯正局に出向してる奴に聞いたんだが、松田大臣の息子、過去に警察沙汰を起こしてるらしい。親父が権力使って事件を揉《も》み消《け》して、ほとぼりが冷めるまでドイツだかスイスだかに留学させてたって。……まあ、あくまで眉唾ものの噂に過ぎないけどさ」

「親の力は偉大だなぁ」

初めは声を落としていた官僚たちも、シャンパンが一本空になる頃には人目を憚《はばか》らず毒を吐くようになっていた。

「それにしても、松田大臣は囚人を殺し過ぎだろ。就任してから五人目だっけ？　死刑になったの」

「拘置所の収容人数も限界に近いから、部屋の空きを作ろうと躍起になってんじゃないか。死刑制度に煩《うるさ》い人権団体は完全に松田和夫を目の敵にしてるよ」

「クリーンに見えて実は腹黒かもな、あのオッサン」

「本人だって、人の一人や二人は殺してそうだ」

「ここは父の悪口を吐き出す会ですか？」

突如会話に割り込んできたその声に、二人の官僚は息を呑《の》んだ。声のした方向へ視線を移すと、若い男が立っている。ストライプの入ったグレーのスーツ。襟に輝く菊紋のバッジ。その男を見た瞬間、官僚たちの顔色が変わった。

男は柔和な笑みを浮かべて告げた。「でしたら、私もぜひ参加させていただきたいのですが」

彼こそが松田和夫法務大臣の子息——進民党衆議院議員・松田千尋である。噂をすれば、という状況に官僚たちはすっかり青くなり、言葉を失っていた。

「お邪魔のようですね。失礼しました」

萎縮する二人組に笑顔で会釈してから、松田千尋は店の奥へと向かう。興が削《そ》がれたと言わんばかりに官僚たちはそそくさと会計を済ませ、店を立ち去った。

見送りを済ませた小百合に、着物姿の店のママが声をかける。「ユリさん、松田先生がVIPルームでお待ちですよ」


「これでもう十三軒目なんすよ。あたしが前科持ちだって知った瞬間、みんな嫌そうな顔しやがって」

ローサの職探しは難航を極めていた。あの定食屋から始まり、ラーメン屋、ファストフード店、ピザ屋、個人経営のカフェに居酒屋、パン屋、中華料理屋——バイト募集の張り紙を見つける度に店に入って直談判《じかだんぱん》したが、どこも結果は同じだった。三日前まで刑務所に服役していたという事実に顔色を変え、適当な理由をつけてローサを追い払う。どいつもこいつも。一発ぶん殴ってやろうか。憤りをなんとか抑え込みながら、ローサは職探しを続けていた。

　十三軒目であるこの回転寿司店《かいてんずしてん》の店長も例に漏れず同じような対応を見せた。店の奥のテーブル席で面接が始まり、途中までは感触がよかったのだが、服役の話をした瞬間に「お帰りください」と言って話を切り上げようとするのだ。腹が立つ。目の前の男を数発殴ってから、レーンの上を回り続けている皿を拳で一枚一枚叩き割ってやりたい衝動に駆られたが、ここで大暴れして監房に逆戻りという事態は避けたい。あの辛気臭い建物には三日前に「二度と来るか」と中指を立ててやったばかりだ。

「刑務所にいたってだけで、人格まで否定しなくてもよくないすか？　前科者に対する差別っすよ、それ。あたしら、ちゃんと更生して娑婆《しゃば》に出てきてんのに、ろくに話も聞かずに追い返すなんて」

　喧嘩腰で告げると、店長は萎縮していた。小柄で、気弱そうな男だった。刑務所帰りの人間を前にして露骨に怯《おび》えている。強く出たローサに対して「た、たしかに、仰《おっしゃ》る通《とお》りですね」と機嫌を取るような声で返す。

「大変失礼しました。前科のある方だって、いろいろと事情がありますよね。話も聞かずに追い返そうとしてしまい、申し訳ありませんでした」

「いや、わかってくれたらいいんすよ」

「ちなみに、荒川さんは何の罪で逮捕されたんですか？」

「殺人《コロシ》っす」

「お帰りください」

店を追い出されてから、ローサは寿司屋の看板に向かって中指を立てた。それだけでは気が収まらず、傍《そば》にあった電柱を数回蹴った。罪のない物に当たって怒りを発散し、少しだけ冷静さを取り戻すと、ローサは自分の犯したミスに気付いた。

「……傷害致死、って答えた方がよかったな」

しまった、と自分の回答を悔いる。殺人罪と傷害致死罪は結果としては同じことだが、そこに至るまでの過程が違う。殺したくて殺すのと殺すつもりはないのに殺してしまったのでは心証に大きな差があるだろう。罪状通りに傷害致死と答えていれば、もしかしたらあの店長も「ああ、そうなんですか。殺すつもりはなかったのに服役することになって、大変でしたね」と同情してくれていた——わけないか。ローサは鼻で笑い飛ばした。

持ち金は六百円を切っている。金がない。仕事も見つからない。職がないから金がない。金がないから部屋が借りられない。部屋がないから住所がない。住所がないから定職にありつけない——負の連鎖から抜け出せないでいる。こんなことなら塀の中にいた方がマシだったかもしれない。

外の世界は不自由で、窮屈だ。

肌寒さを覚え、ローサは腰に巻いていたスカジャンを羽織った。いつの間にか日が暮れ、辺りは真っ暗になっている。「腹減った」という空《むな》しい呟《つぶや》きが無意識に口から漏れた。肉が食いたい。腹いっぱい食べたい。そんな気分だったが、持ち金を考えると厳しい。また安い調理パンでも買って飢えを凌《しの》ぐしかないだろう。しばらく歩いていると、煌々《こうこう》と光るコンビニの看板が見えてきた。

「なに？　家出中なの？」

男の声が聞こえた。二十代後半くらいの、飲み会帰りのサラリーマンみたいな雰囲気の男だった。コンビニの前に立っている若い女に声をかけている。女の方はもっと若い。「何歳？」と尋ねた男に、彼女はぶっきらぼうに「十六」と答えた。女子高生か。「うち泊まる？　何もしないから」と鼻の下を伸ばして絡んでいる男に、ローサは虫唾《むしず》が走った。何もしない？　んなわけねえだろ、この変態野郎。

「あー、大丈夫っすか？　警察呼びますか？」

ローサが声をかけると、男は逃げるように立ち去った。警察という単語に露骨にビビっていた。

「誰にもついて行くなよ。男なんて碌《ろく》な生き物じゃねえんだから」

というローサの忠告に、女子高生はなにも答えなかった。つまらなそうにスマートフォンを弄《いじ》っている。家に帰る気はなさそうだ。

「ほら、これやるから」と、ローサはポケットに入っていた小銭を渡した。「ネカフェにでも泊まりな」

五百五十円。ローサの全財産だ。小銭を受け取るや否や、女子高生は不満そうに眉を顰《ひそ》めた。「は？　全然足りないんだけど」

「クソガキ」

一言吐き捨て、ローサは踵《きびす》を返した。

しばらく歩くと公園が見えてきた。食欲をそそられる匂いが漂ってくる。慈善団体が炊き出しを行っているようで、ホームレスが列を成していた。助かった、これで空腹を凌げそうだ。最後尾に並び、塩おにぎりと豚汁を受け取ると、ローサは公園の小汚いベンチに腰を下ろして施しを貪った。


丁重にドアをノックしてから、小百合は部屋に入った。赤い壁紙と金色の調度品に囲まれたきらびやかなメインフロアとは一風異なり、VIP専用の個室は黒を基調とした落ち着いた雰囲気だ。控えめな間接照明が大理石の壁やテーブルを上品に照らしている。

松田千尋は革張りのソファに脚を組んで座っていた。小百合がドアを閉めたところで、「盗聴器の類《たぐい》はないみたいだね」と言葉を発した。彼の手には小型のトランシーバーのような形をした機械が握られている。無線盗聴器や盗撮カメラ、GPS追跡装置に対応した、広範囲に渡って電子機器を探知することができる最新型発見器だ。相変わらず用心深い男である。

小百合は隣に腰を下ろし、スコッチのロックを手掛けた。ジョニーウォーカー・ブルーラベルのキープボトル。この店では定価の四倍の価格で提供している。中身はあまり減っていない。

「例の物、撮れた？」

グラスを片手に千尋は本題に入った。

「ええ、もちろん」と頷き、小百合は持っていたポーチを開けた。名刺や化粧品、ライターなどの商売道具の他にUSBメモリが入っている。千尋がこの店に来た目的は女でも酒でもない。この中に入っているデータだ。その内容は、進民党政務調査会長・野村義弘《のむらよしひろ》の不貞の証拠。小百合が三か月かけて調べ上げたものだった。

小百合の本職は私立探偵であり、新宿に事務所を構えている。このクラブでホステスとして働いているのは潜入調査のためだった。「似合ってるね、その格好」と胸元の開いた白いドレスに言及する千尋の世辞を、「どうも」と受け流してから話を戻す。

「野村政調会長の不倫相手は、上原《うえはら》衆議院議員だったわ」

政調会長といえば党三役の一人。政官界の人間が集うこの店なら嫌でも噂が耳に入ってくる。不倫相手を特定するのは容易《たやす》かった。

「上原って、共国党《きょうこくとう》の上原瑠璃子《るりこ》？　与党の大物が野党の若手とデキてるなんて、いろいろと問題だね」

「詳しいことはデータを見て。二人の音声も録《と》ってあるから」

「さすが小百合さん」

千尋はにやりと笑い、グラスの中身を飲み干した。USBメモリを懐に仕舞う。これで任務完了かと思いきや、今度は鞄《かばん》の中からファイルを取り出し、千尋は「新しい仕事を頼みたいんだけど」と持ち掛けた。

「人使いが荒いわね」二杯目のロックを作りながら小百合は苦笑した。「あなたの依頼のために、探偵とホステスの二足の草鞋《わらじ》を三か月も続けていたのよ。少しは休ませてやろうっていう優しさはないのかしら」

「手が足りないなら、誰か雇えばいいのに。人ひとり雇えるくらいの報酬は払ってるはずだけど？」

「私は一人が好きなの」

千尋の前にグラスを置くと、彼は代わりにファイルを寄越してきた。その中には一人の女性に関する資料と、その姿を捉えた数枚の写真が入っている。

「次はその女を調べてほしい。名前は山室麻衣《やまむろまい》」

山室麻衣——聞いたことはなかった。著名人ではなさそうだ。「何者なの？」

「ただの会社員」ウイスキーを一口飲んでから、千尋が付け加える。「——だったらいいんだけど。川島電器《かわしまでんき》って知ってるよね？」

当然だ。日本を代表する家電量販店である。小百合は頷いた。「知らない人を探す方が難しいでしょうね」

「その川島電器の次男と、ちょっとした付き合いがあってね。彼はこの山室麻衣と婚約していて、近々式を挙げる予定なんだ。だけど、最近ちょっとマリッジブルーなのかな、急に不安になってきたみたいで、今になって婚約者の身体検査をしたいって言い出した。口が堅くて腕の良い探偵を知ってるって話したら、調査を依頼してほしいって頼まれちゃって」

「すごいじゃない、大企業の御曹司とお友達だなんて」

「その御曹司、同期議員の大学時代の友人でさ。会社の創立記念パーティに出席したときに紹介してもらったんだ。それから一緒にゴルフに行って、たまに会食するようになった」

「すっかり永田町《ながたちょう》に染まってるわね、千尋くん」

松田千尋とは長い付き合いだ。当選して議員になる前からこの男のことは知っているが、彼がゴルフに興じている姿なんて想像がつかなかった。過去に不正アクセスで警察沙汰を起こし、所謂《いわゆる》ハッカーとして裏社会で情報を売りさばいていた男が、今ではこうして海外老舗メーカーの上等なスリーピーススーツに身を包み、銀座のクラブで高級ウイスキーを呷っている。ずいぶんと大人になったものだ。

「あなたが自分で調べた方が早いんじゃない？　お得意のハッキングで」

「もう調べた」千尋は悪びれもせずに答えた。「身元は、ね。山室麻衣に怪しいところはなかった。犯罪歴もないし、過去に関してはクリーンだ。そうじゃないと御曹司とは付き合えないよ」

過去に関してはクリーン。だが、現在はそうとは限らない。

「要するに、今の彼女の素行が知りたいわけね」

「そういうこと」

素行調査――つまるところ、異性関係だ。それを調べ上げるためには、張り込みや尾行など対象の行動確認が必要不可欠である。

「大企業の御曹司が婚約者に二股掛けられてた、なんて事実が後々発覚しちゃったら面目丸潰れだからね。とはいえ、さすがにこのボクが四六時中彼女に張り付くのは不可能だ」千尋は深いため息を吐《つ》いた。「一回生議員は忙しいんだよ。朝から党本部の部会に出席して、その後は議事堂に走って国会対策委員会の準備。午後からは本会議で、夜には会合が詰まってる。献金パーティとか支援団体の懇親会とか。父親の後援会にも顔出さないといけないし」

今夜の彼は珍しく愚痴っぽかった。千尋は椅子の背もたれに体を預けて天井を仰ぐと、掌《てのひら》で目元を擦《こす》った。相当お疲れのようだ。小百合は店の黒服を呼びつけ、チェイサーを一つ頼んだ。

小百合に見送られてクラブ『NOBLESSE』を後にした。いつもより酔いの回りが早いのは疲労が溜まっているせいか。総選挙で初当選してからというもの、新人議員として政党にこき使われる日々を過ごしている。火照った体を少しでも冷まそうと松田千尋はスーツの上着を脱ぎ、右腕に引っ掛けた。

一階でエレベーターを降りると、車が見えた。ビルの前に黒のレクサスが駐車している。タイミングよく運転手が降りてきた。黒縁の眼鏡に刈り上げの短髪。百八十センチを超える筋骨隆々な体軀《たいく》を黒いスーツで包んだその若者は、車を降りるや否や鋭い目つきで周囲を警戒した。素早く千尋に近付き、寄り添いながら歩く。千尋の上着を無言で引き取り、後部座席のドアを開けた。千尋が車に乗り込む少しの間でも辺りに気を配り続けている。

「軍人丸出しだね」座席に腰を下ろし、シートベルトを締めながら千尋は男に声をかけた。「そんなに警戒しなくても」

この男の名は八木《やぎ》隼人《はやと》。千尋の私設秘書であり、運転手兼ボディガードだ。詳しい経歴は知らないが、傭兵《ようへい》として紛争地域を転々としていた過去があるらしい。千尋の政界デビューを機に弾避《たまよ》けとして雇われている。

「千尋さんのためではありませんよ」運転席に乗り込み、八木は淡々と答えた。「万が一、あなたの身に何かあれば、私の命が危ないですから」

「確かに」と千尋は笑った。護衛任務に失敗すれば、どんな仕置きが待っているか知れたものではない。

「それに」八木が言葉を付け加える。「あなたには敵が多そうだ。警戒し過ぎるくらいが丁度いいでしょう」

八木は松田家に長年仕えている使用人の養子である。千尋にとってみれば正体不明の男だが、実家の折り紙付きなら問題ない。現にその有能さは身をもって味わっている。護衛としての腕は悪くないし、運転も巧みだ。都内の地理にも詳しい。会食やパーティに連れて行けば、元傭兵らしからぬ紳士な振る舞いができる。武器や銃火器に限らず幅広い知識と教養を持ち合わせているし、何よりこのあけすけな態度を千尋は評価していた。議員と私設秘書はプライベートのほとんどを一緒に過ごすことになるため、性格の相性は大事だ。彼の無駄に謙《へりくだ》らないところが、付き合いやすくて気に入っていた。

「自宅までお願い」

レクサスのエンジンが控えめに唸《うな》る。車を出してから八木は尋ねた。「今日はこの後、同期会のご予定では？」

八木の言う通り、今夜十時から都内の居酒屋で同期議員の集まりがある。だが、今日は家でゆっくりと休みたかった。疲れていなくとも行く気はなかったが。

「あんなの、ただ老害ジジイの悪口言うだけの集まりじゃん。参加するだけ時間の無駄だね」

「お友達とは仲良くしていた方が良いでしょう。一匹狼《いっぴきおおかみ》を気取っていると将来困ることになりますよ。総裁選に出たくても、誰もあなたを推薦してくれない」

「キミ、父親に似てきたね。血は争えないな」

「お言葉ですが、千尋さん」と、八木が反論する。「私と父には血の繋《つな》がりはありませんよ。養子ですので」

「そういうところだよ」

ルームミラー越しに睨《にら》みつけると、八木は「失礼しました」と唇を緩めた。

「……総裁選、ねえ」窓の外を眺めながら、千尋は呟いた。「ボク、出世には興味ないんだよね。まあ、裏で権力を握れたら、それでいいかな」

「欲がないのか欲深いのかわからない発言ですね」

この国を実際に動かしているのは政府ではない。陰で権力を握るフィクサーたちである。彼らの鶴の一声が政治を動かすのだ。票の数を気にして連中のご機嫌を取る政治家には成り下がりたくなかった。表面上の出世は必要ない。

「そのために、あの探偵を使っているのですか」

あの探偵——槙小百合のことだ。他人の弱みをどれだけ握れるかが、今後の立ち回りに大きく影響する。確固たる地位を築くためには、手足となって働く私立探偵の存在は不可欠だ。「情報は何よりも武器になるからね」

「信頼できるのですか、あの女」

「少なくとも、キミよりかは」

「それを聞いて安心しました」

前を向いたまま、八木は小さく笑った。

「川島電器の御曹司は将来、会社を継ぐことになるだろう。如何《いかん》せん長男より優秀だからね。川島の社員はおよそ二万人。その家族も合わせれば、ざっと見積もって三万から四万票を動かせるようになる。今のうちから恩を売っておいて損はないさ」

赤信号になり、車が停止した。ふと窓の外に目を向けると高架下に数人の姿が見えた。ここはホームレスの溜まり場になっているようで、段ボールやブルーシートで作られた家々がずらりと並んでいた。その中に、ひと際目立つ者がいる。金髪頭の若い女。まるで野良猫のように段ボールの上に丸くなっているその哀れな姿に、千尋は嘆いた。「悲しくなっちゃうよね。あんな若い女性が、こんな場所で野宿しないといけないなんてさ」

「世も末ですね」と、車を発進させながら八木が同意を示す。

「そういや、今朝の部会でベテラン議員が熱く語ってたな。『日本は沈みかけた船じゃない。とっくに沈んでるんだ』って」

「乗客を見捨てて我先にと救命ボートに乗っている船員に言われると」八木が冷めた声色で返す。「腹立たしい限りです」

声をあげて千尋は笑った。「違いない」


行く当ても金もなく、ローサは途方に暮れていた。歩き疲れて高架下の隅にしゃがみ込んでいると、饐《す》えた臭いが鼻を突いた。

「姉ちゃん、新入りか？」

声をかけてきたのは小汚い格好の中年男だった。この辺りはホームレスの縄張りらしい。てっきり追い出されるのかと思いきや、

「これ使いなよ」

と、一枚の段ボールを手渡された。とうとう路上生活者の仲間入りをするようで気

が進まなかったが、親切心を無下にするわけにもいかず、ローサは渋々「どーも」と受け取った。空いているスペースを探して段ボールを敷き、その上に寝そべる。夜はさすがに冷えるなと身をぶるぶる震わせ、体を抱き込むようにして丸くなった。地べたに寝るよりかは幾分マシだ。

目の前の道路を黒塗りの車が通り過ぎる。吐き出された排気ガスに噎《む》せながらローサはその車を目で追った。国産の高級車だ。中に乗ってる奴はさぞいいご身分なんだろうなと心の中で悪態をつく。とはいえ、見ず知らずの金持ちを羨んだって時間の無駄だ。さっさと眠ってしまおうと目を瞑《つぶ》った、その直後のことだった。不意に人の気配を感じ、ローサは目を開けた。

足元に誰かいる。派手な柄のシャツを羽織ったいかにもチンピラ然とした男が、ローサに背を向けるようにしてしゃがみ込み、話をしている。会話の相手は、先ほど段ボールを分けてくれたあのホームレスだった。

「よう、おっさん。例の件、考えてくれたか？」

ホームレスは悩んでいるようで、煮え切らない返事をした。例の件というのが何を指しているのかは知らないが、どうせろくでもないことだと見当はつく。ローサは起き上がり、

「ちょっと、あたしの家踏んでんだけど」

と、刺々《とげとげ》しい声で告げた。趣味の悪い革靴の踵《かかと》が段ボールの端を踏んでいる。文句を言われた男は「なんだ、テメェ」と凄《すご》んだ。

「お前が何なんだよ。足どけろよ」

ローサも負けじと言い返す。

男はさらに威圧してきた。「生意気言いやがって、女のくせに」

かちんときた。女のくせにというフレーズがローサはこの世で一番大嫌いだ。

「関係ねえ奴は引っ込んでろ。ぶん殴るぞ」

「ぶん殴る？」ローサは鼻で笑った。「おう、やってみろよ」

安い挑発に乗り、男が右の拳を握った。視線はローサの顔に向いている。わかりやすいモーションから放たれる大振りのパンチ。素人だな、とローサは察した。視線と動きを見れば格闘技経験の有無は読める。ローサは両手を顔の前に構え、男の腕を潜《くぐ》るように素早く攻撃を避けた。懐に飛び込んで鳩尾《みぞおち》に拳を叩き込むと、男が呻《うめ》き声《ごえ》をあげた。胸を手で押さえ、やや前屈《まえかが》みになったところで、ローサは男の後頭部を摑んだ。頭を手前に強く引くと同時に、その顔面に膝蹴りをお見舞いする。男はその場に頽《くずお》れ、鼻血を垂れ流しながらローサを忌々《いまいま》しげに見上げた。

「さっさと失《う》せろ。警察呼ぶぞ」

男はいくつかの汚い言葉を吐いた。走り去りながら「ブス」だの「クソ女」だのと罵っていたが、ローサは中指を立てながら聞き流した。チンピラ男の姿が見えなくなったところで、中年ホームレスに事情を訊いた。

「あの兄ちゃんに言われたんだ。戸籍を売ってくれたら、現金で三十万渡すって」

ホームレスを狙った戸籍の違法売買か。十中八九、あの男はどこかの組の構成員だろうなとローサは思った。

「戸籍だけで済めばいいけどな。最終的には臓器まで売ることになるかもよ」

というローサの脅しに、ホームレスの男は言葉を失っていた。

「おっちゃん、あいつはヤクザなんだ。骨の髄まで搾り取られるだけだから、言うこと聞くんじゃねえぞ」

男は何度も頷いた。ローサは借りていた段ボールを返し、背を向けた。

「姉ちゃん、どこに行くんだ」

呼び止められ、ローサは振り返った。「あいつが仲間連れて報復しに来るかもしれない。ここにいたら、あんたらに迷惑がかかる」

ローサは高架下を後にした。

　素行調査を始めて二日目の朝を迎えた。小百合は愛車の運転席でコーヒーを飲みながら、調査対象者に関する資料にもう一度目を通した。

　──山室麻衣。二十八歳。東京都豊島区《としまく》在住。幼い頃から施設で育ち、家族はいない。職業は派遣社員で、約二年前に家電量販店・川島電器の池袋店《いけぶくろてん》で販売スタッフとして働き始める。その半年後、視察のために店を訪れた川島電器社長の次男・川島恵太《けいた》に見初められ、交際に至る。

　千尋から受け取った資料には対象者の写真もあった。黒髪の女が写っている。化粧は薄いが目鼻立ちがはっきりとしていて、すべてのパーツがバランスよく整い、有名企業の御曹司が一目《ひとめ》惚《ぼ》れしてもおかしくないと思えるほどの美人だった。

　山室麻衣の自宅は池袋にあるマンションの四階。不動産情報サイトで物件名を検索したところ、間取りは１Ｋ６畳、家賃は七万五千円とあった。千尋は彼女のクレジットカードの使用履歴まで調べていたが、特筆すべき出費はないようだ。公共料金と電話代くらいだ。見た目にも派手さはなく、身に着けている服やバッグは安物。質素な暮らしぶりが窺《うかが》える。結婚相手としても文句の付け所のない金銭感覚である。

基本的には職場と自宅を往復するだけの生活を送っているようだ。自宅マンションは職場である家電量販店から徒歩二十分ほどの距離。エントランスが見える位置にあるコインパーキングに車を停《と》め、小百合は対象者が現れるのを待ち続けた。

午前八時三十分、山室がマンションから出てきた。黒のカットソーとジーンズ、足元はスニーカー。トートバッグを肩に掛けている。職場に向かうようだ。小百合は車を降り、距離を取りながら追尾した。女性は同性に対するガードが緩いものだ。背後にいるのが男なら警戒するが、女であれば気にも留めないことが大半である。そのため、女の探偵は尾行に気付かれにくく、警察を呼ばれる心配も少ない。

何をしたか、どこに入ったか、対象者の様子は逐一記録している。日用品の形を模した、所謂スパイカメラは探偵業に欠かせない商売道具である。その中でも、今回は眼鏡型と腕時計型の撮影機器を用意していた。眼鏡型のカメラは見たままの映像を怪しまれずに撮影できる利点がある。操作も簡単で、フレームに仕込まれたボタンを押すだけ。腕時計型カメラは高解像度の動画・静止画を撮影できる上、ボイスレコーダー機能まで搭載されている優れものだ。どちらも二、三万円ほどの価格で市場に出回っている。

しばらく歩き、山室麻衣が川島電器の従業員用出入り口に入るのを確認してから、小百合は近くのカフェに移動した。本日二杯目のコーヒーを飲みながらノートパソコンを広げ、眼鏡型カメラとUSBケーブルで接続し、画像を取り込む。山室が職場に向かう姿を撮影した写真を確認してから、充電用バッテリーに繋ぎ直した。

午前九時三十分、川島電器池袋店が開店時刻を迎える。入り口でオープンを待っている十数人の買い物客に紛れ、小百合は中に入った。山室は二階のフロアでレジ打ちをしている。昨日と同じだ。腕時計型カメラで撮影を済ませると、小百合は一階のトイレに入った。印象を変えるために白シャツとジーンズから紺色のワンピースへと着替え、店の外で待機する。

午後十二時三十五分。見張っていた通用口から山室が出てきた。所持品は財布とスマートフォンのみ。昼休憩のようだ。カフェに入り、サンドイッチとカフェオレを注文してから、テーブル席に腰を下ろした。三杯目のコーヒーを片手に、小百合は彼女の背後の席に座った。――と、そのときちょうど山室の端末に電話が掛かってきたので、小百合はすぐにボイスレコーダーを起動させた。山室は電話の相手と親しげに話をしている。食事の約束をしているようだった。明日は休みだから空いている、何時でも大丈夫――そんな言葉が聞こえてきた。待ち合わせ場所らしき店の名前も口にしている。山室が通話を切ったところで、小百合はメモ帳を取り出し、文字を書き込んだ。

十二時五十分から十二時五十二分、対象者が何者かと通話。話題に出ていた店名を検索したところ、雰囲気のいい高級イタリアンレストランだった。デートや記念日に使われるような店だ。電話の相手は男の可能性が高いこともメモに追記する。依頼人に確認すれば、通話相手が婚約者かそうでないかはすぐに判明する。千尋にメールを送り、川島恵太に裏を取るよう頼んでおいた。

午後十三時十五分、山室がカフェを出た。小百合は窓際のカウンター席に移動し、川島電器の通用口に戻っていく対象者の姿を見届けた。残業がなければ、彼女は十八時過ぎに職場を出るだろう。それまでは時間を潰すしかない。小百合はカフェを転々としながら報告書を書き進めた。その途中、千尋から返事が届いた。電話の相手は婚約者で間違いないそうだ。すぐに報告書の一文を書き直す。十二時五十分から十二時五十二分、川島氏と通話。

予想通り、十八時になると山室が店から出てきた。撮影と尾行を再開する。山室は通勤ルートを逆に進み、自宅へと戻った。小百合はベランダを見上げて張り込みを続けた。この日、対象者はマンションを出ることなく、十一時過ぎに部屋の電気は消えた。小百合は車に戻ると、ダッシュボードの上に小型のカメラを設置した。マンションのエントランスを撮影する。動体検知機能が搭載されたこの特殊カメラも商売道具の一つだ。動きを検知すると録画情報がスマートフォンに転送される仕組みになっているため、マンションから人が出てくる度に振動で知らせてくれる。深夜の監視を文明の利器に任せ、小百合は数時間の仮眠を取ることにした。

エレガンスタワー赤坂《あかさか》レジデンスは総戸数千六十三戸、地上四十八階・地下三階建ての超高層マンションである。赤坂駅から徒歩四分の好立地だが、一番の売りは都内でも三本の指に入るという防犯性の高さだ。共用部には八十台もの防犯カメラ、各住戸の玄関ドアには防犯センサーが設置されていて、二十四時間体制でコンシェルジュと警備員が常駐している上に、警備会社のオンラインセキュリティシステムが常に稼働している。また、セキュリティカードを翳《かざ》さなければエレベーターが起動せず、指定階以外では停止できない仕組みになっているため、住居エリアへの不審者の侵入はほぼ不可能。玄関の鍵にはディンプルキーを採用し、ピッキング対策も十分だ。

間取りは1LDKから3LDK。千尋の部屋は二十四階の2LDKであり、同じ階の住人には人気俳優と元メジャーリーガー、有名な動画配信者がいる。千尋自身は彼らと顔を合わせたことはないが、部屋に出入りすることの多い八木が何度か挨拶を交わしたと話していた。

　着替え、ネクタイを締めながらリビングへ向かう。黒を基調としたモダンテイストな部屋の奥、窓の外の景色が見える位置に仕事用のデスクを置いている。千尋は椅子に腰を下ろし、タブレットを操作して朝のニュースに目を通した。我らが進民党の支持率は相変わらず低下の一途を辿《たど》っているようだ。

　玄関のドアが開く音が聞こえた。この部屋の合鍵を持っているのは一人のみ。私設秘書が迎えにきたようだ。リビングに足を踏み入れた八木は挨拶もなく窓際へと向かい、呆《あき》れたような声で言った。「カーテンは常に下ろしてくださいと言っているでしょう」

　部屋の二辺はガラス窓に囲まれ、それぞれに黒いロールカーテンが取り付けられている。全部で六枚。八木はご丁寧にひとつひとつチェーンを引っ張り、すべてのカーテンを下ろしてしまった。東京の街を一望できるガラス窓は、真っ黒な一枚の合成繊維によって塞がれている。

「いい景色」と、千尋は皮肉を漏らした。

「狙撃されたらどうするんです」八木が大真面目な顔で告げる。「絶対にカーテンは開けないでください」

「キミの警戒心は病的だね」

「ここから三百メートル先にタワーマンションがあります。最上階のスカイラウンジからは、この部屋がちょうど狙いやすいんですよ」八木の視線が千尋の背後の壁に移った。いくつかの絵画の複製が飾られている。その中の一枚、ルノワールの『ムーラン・ド・ラ・ギャレットの舞踏会』を指差して言う。「そこで暢気《のんき》に踊っている帽子の男だって、スナイパーからしてみれば簡単に狙撃できます」

「ご忠告ありがとう。あとで安全な場所に絵を移動させておくよ」

千尋は肩を竦《すく》めた。

「朝食はまだです？　作りましょうか？」

「いらない。食べる気がしない。昨夜の会食、量が多くて」

「そう仰ると思って、コーヒーを買ってきました」

カップを受け取り、一口飲んでから千尋はパソコンを開いた。USBメモリを差し込み、中のデータを確認する。

「見て、よく撮れてる」

八木が隣に寄り添い、パソコンの画面を覗《のぞ》き込《こ》んだ。「野村の不倫の証拠ですか」

「そう。小百合さんに頼んでたやつ」

知り合いの私立探偵が調べ上げたものだ。画像データには、進民党政調会長・野村義弘とその不倫相手――上原瑠璃子が写っている。撮影された場所は政治家御用達《ごようたし》の高級ホテル。その客室に二人で入っていく瞬間を捉えたものだ。

八木は不思議だと言わんばかりに首を捻《ひね》った。「野党の議員が二回りも年上のオヤジに取り入って、いったい何の得があるんです？」

「調べてみたんだけど、上原瑠璃子は離党届を提出するんじゃないかって噂があるらしい」

「ということは、これも転職活動の一環ですか」

上原瑠璃子。三十四歳。独身。共国党衆議院議員二回生。初出馬の選挙で美人過ぎる候補者とマスコミが騒ぎ立てたことで一時話題の人となっていたが、確かに上原の見目は美しい。どこか幸薄そうで儚《はかな》げな雰囲気をまとっている反面、本性はかなり強《したた》かなようだ。音声データを再生すると、生々しい男女の会話が聞こえてきた。

『こんなことしてるって世間に知られたら、大変なことになりますね』挑発的な声色で上原が言った。

『心配ない。もしマスコミが嗅ぎつけたとしても、私の力でどうにでもできる』男の方は間違いなく野村の声だった。『君も困ったことがあったら私に言いなさい。何だって揉み消してあげるから』

『マスコミは簡単でも』女はくすくすと笑う。『奥様はそうはいきませんよ』

ホテルの中でのやり取りのようで、情事中の音声までしっかり録れている。動かぬ証拠だ。さすが、いい仕事してくれる。心の中で私立探偵に賛辞を送り、USBメモリを引き抜いてから、

「これ、週刊文衆《ぶんしゅう》の藪《やぶ》っていう記者宛てに送っといて」と、八木に手渡した。「もちろん匿名で」

「承知しました。念のため、指紋は拭いておきますね」

「よろしく」

千尋は頷いた。八木が腕時計を一瞥《いちべつ》し、「そろそろ出ましょう。部会に遅れます」と促す。千尋はスーツの上着を羽織った。

公園の水道で顔を洗っていたところ、いきなり写真を撮られた。カメラを構えた男がローサに近付き、声をかけてくる。

「荒川ローサさん、ですよね？」

顎髭《あごひげ》を生やした中年の男。見覚えはない。ローサは質問には答えず、掌で顔を拭きながら「何撮ってんだよ」と文句を返した。

男は「いやあ、突然失礼しました」とへらへらした失礼な態度で告げ、名刺を差し出してきた。ローサはそれを濡《ぬ》れた手で受け取った。名刺に印字された『記者』の文字が水を吸い込み、ぼんやりと滲んでいく。

「週刊文衆の藪と申します。取材させてください、荒川さん」

週刊文衆——ローサは舌打ちした。その週刊誌には嫌な思い出しかない。名前を聞くだけで吐き気を覚えるほどに。

「させるわけねえだろ、失せろ」

と一蹴したにも拘《かか》わらず、藪という記者は勝手に話を進めていく。「前にね、前科のある人物について記事を書いたんですよ。大麻で逮捕された清楚系《せいそけい》アイドルのAV女優デビュー。これが結構好評でして、過去に話題になった人物を追う、というコンセプトでシリーズ化することになったんです。『あの人は今』的なね。それでちょうど、第三弾のネタを探していたんですが、あなたが出所したと聞きましてね。是非とも、荒川ローサの社会復帰について記事を書かせていただきたくて」

「社会復帰してるように見えるか、これが」ローサは荒々しく吐き捨て、相手に背を向けた。「早く消えろ」

それでも藪はしつこく食い下がってくる。「お願いしますよ、荒川さん。今回はあなたの家族のことは書きませんから、ね？」

「……あの記事書きやがったの、テメェだったのか」

三年前、こいつの書いた記事のせいで——頭に血が上り、ローサは男の胸倉を摑んだ。一発、いや十発は殴ってやらないと気が済まない。右の拳を握り締め、振りかぶる。「ブッ殺す」

「また傷害致死で刑務所に入るつもりですか」藪はにやにやと笑っている。「離してくださいよ、荒川さん」

拳がぴたりと止まる。ローサはやむなく腕を下ろした。怒りを鎮めようと深呼吸を繰り返す。

藪は嘲笑を浮かべたまま、公園を見渡して言う。「見てましたよ、ベンチで寝てるところ。若い女がこんな場所で寝泊まりするなんて、いくら何でも危ないんじゃないですか。……ほら、また昔みたいなことがあったら、大変でしょうし」

含みを持たせた藪の言葉に苛立《いらだ》ち、ローサは「うるせえ、黙れ」と唸った。昔みたいなこと？　あるわけがない。もう昔の自分とは違うんだ。

「全部消しとけよ、写真」

「お金、必要でしょう？　取材引き受けてくれたら、それなりの額は払いますよ」藪はローサの足元を指差した。藪の名刺が落ちている。「気が変わったら、その番号に連絡ください」

「するか、バーカ」

ローサは名刺を拾い上げると、くしゃくしゃに丸めた。小さくなった紙の塊を口の中に放り込む。水道の蛇口を捻り、水と一緒に呑み込んでやると、藪はぎょっとしていた。「相変わらずイカれた女だな」という捨《す》て台詞《ぜりふ》を残し、去っていった。

週刊文衆の藪。クソ週刊誌のクソ記者だ。あいつが面白おかしく例の事件を取り上げたせいで、うちの家族がどれだけ苦しめられたか。それを自覚しながら、平然とツラ見せにきやがって。おまけに、取材させてくれだと？　頭沸いてんのかよ。

イライラする。やっぱり一発くらいは殴っておけばよかった。後悔しながらベンチに横たわった直後、不意に声をかけられた。

「――見つけたぞ、クソ女」

今度は何だ。億劫《おっくう》な気分で上体を起こす。二人組の男がローサの目の前に立っていた。欠伸《あくび》を嚙《か》み殺《ころ》しながら「誰？」と尋ねると、向かって右側にいる男が顔を赤くした。

「舐《な》めんのも大概にしとけよ」

よく見れば、覚えのある顔だった。柄シャツ姿のチンピラ。昨夜、高架下でホームレスに声をかけていた男だ。どうせボコられた腹いせに手下連れてやり返しにきたんだろうなと察しはつく。

「あー、あのときの。あたしに何か用？　戸籍なら売らないよ」

「ふざけやがって」と、男は簡単に逆上した。「誠仁会《せいじんかい》舐めたらどうなるか、思い知らせてやるよ」

などと偉そうなことを言ったくせに、手を下すのは自分ではないようだ。隣に立っている大柄の男に命令する。「この女に痛い目見せてやれ」

「逆に痛い目見ないといいけどな」

「こいつはな、元アマチュアのボクサーなんだ。お前なんか一発でＫＯだぜ」と、男は自慢げに部下を紹介した。だからどうした。くだらねえ。ローサは肩を竦めた。

「ヤクザだとか元ボクサーだとか、男ってすぐ肩書きをひけらかすよな。ほんっとしようもねえ生き物だわ」

「強がってられんのも今のうちだぞ。泣いて謝っても許さねえからな」

まあいい、相手してやるか。ローサはベンチから立ち上がった。藪とかいう記者のせいでむしゃくしゃしていたところだ。少しは憂さ晴らしになるだろう。

男の身長は百八十を超えている。リーチとパワーでは圧倒的に敵《かな》わない。だったらスピードとテクニックで対処する。ローサは拳を構えて相手を見据えた。直後、男が軽くジャブを打ってきた。なるほど、と心の中で呟く。さすが格闘技経験者だけのことはある、なかなか素早い攻撃だ。ローサはステップを踏み、後ろに下がった。この距離ならパンチは届かないだろう。相手の射程距離を見定めたところで、ローサは攻撃に転じた。距離を詰めてジャブを返し、男が気を取られている隙にストレートを叩き込む。その攻撃を、男は太い前腕でガードした。ここまでは想定内だ。なまじボクシングを齧っていただけに、この男には癖がある――腰から下への攻撃に対して無防備なのだ。すぐさま右足を振り上げ、ローサは男の股間に前蹴りを食らわせた。

男が悲鳴をあげ、股間を押さえてその場に膝をついた。チンピラが「何しやがんだよ、それは反則だろうが」と喚《わめ》き散《ち》らしていたが、ローサは鼻で笑い飛ばした。

「試合じゃねえんだ、反則もクソもあるかよ」

男のこめかみに回し蹴りを叩き込む。ふらつきながらも立ち上がった相手の背後に素早く回り込み、振り返ったところを殴りつける。狙いは顔面ではなく喉仏だ。喉は急所の中でも柔らかい。殴ったところで拳の骨がダメージを受ける心配はない上に、与えるダメージはなかなかのものだ。ぐえ、と男は絞め殺された蛙《かえる》みたいに呻き、噎せ返っている。前屈みになった男の肩を摑み、手前に強く引く。ローサは「オラァ」と厳《いか》つい声を発しながら、彼の鳩尾を膝で突き上げた。明らかに劣勢になっている手下の姿を目の当たりにして、さすがに柄シャツの男も焦りを見せた。この野郎、と声を張り上げながらローサに殴りかかる。拳を弾《はじ》いて攻撃を退け、カウンターをお見舞いしようとした、そのときだった。

「――もしもし、警察ですか」

と、女の声が聞こえた。警察という単語にどきりとして、ローサもチンピラたちも動きを止めた。通りすがりの女がこちらを見ている。長い黒髪。白いシャツに細身のジーンズ。携帯端末を耳に当て、電話を掛けているようだった。「やべえ」と呟き、チンピラとその手下はそそくさと逃げ去った。

「……別に、ケーサツなんて呼ばなくてよかったのに」

あんな男二人くらい、余裕で片付けられた。サツが来たら面倒なことになるじゃないか。余計なことを、と眉を顰めていると、その女はジーンズのポケットに端末を仕舞いながら、「呼んでないわ」と涼しい顔で答えた。

どうやら電話を掛ける振りをしただけらしい。この女、結構やるな、と感心した瞬間、ふっと力が抜けた。ローサはその場にしゃがみ込んだ。

「ちょっとあなた、大丈夫？　どこか痛いの？」

女が歩み寄り、ローサの顔を覗き込んでくる。美人だな、と思った。少なくとも悪い奴ではなさそうだ。

「……もう限界」女を見上げ、ローサは小声で呟いた。「腹減って動けない。何か飯奢《おご》って」


「サーロインステーキ定食、ご飯大盛で。あと、ハンバーグも。それから、このオムライスセット」

どれだけ注文するつもりなのだろうか。小百合は呆気《あっけ》に取られていた。腹が減ったとせがまれて近くのファミレスに連れてきてみれば、その女はメニューを広げてまるで子供のように目を輝かせた。

「ねえ、デザートも頼んでいい？」

「お好きにどうぞ」

「じゃあ、チョコバナナパフェとティラミス。ドリンクバーも付けて」

運ばれてきた料理を、女は次から次に平らげていく。豪快な食べっぷりだ。その様に目を見張りながら、小百合は尋ねた。「今朝は何も食べてないの？」

口の中の肉をジュースで呑み下してから、女は「うん」と頷いた。

「名刺一枚しか食ってない」

意味がわからなかった。名刺？　食パン一枚の間違いじゃなくて？　心の中で首を捻る。変な子を拾ってしまったなと思いながら、小百合は相手を観察した。歳はまだ二十代半ばくらいだろうか。派手な金髪に、青みがかった大きな目。日本人離れした彫りの深い顔立ち。異国の血が混じっているのかもしれない。服装は黒のタンクトップとカーキ色のカーゴパンツ。足元はワークブーツだ。まるで海外の傭兵を思わせるメンズライクな格好をしているが、言動にも色気はない。ハンバーグの真ん中にフォークを突き刺し、大きな口を開けて丸齧りしている。

小百合が乱闘騒ぎに出くわしたのは、山室麻衣の素行調査を終えて事務所に戻る途中のことだった。たまたま通りかかった公園で、この女はチンピラ風の男に絡まれていた。警察に通報する振りをして助けに入ったが、それにしても、と思い返す。二人の男を相手に、彼女は互角に渡り合っていた。いや、互角どころではないかもしれない。おそらく自分が手を貸さなくとも二人組を伸《の》してしまっていただろう。戦い慣れたあの動きを見る限り只者《ただもの》ではなさそうだ。

「あの男たちは誰？」

小百合の質問に、女は興味のなさそうな態度で答えた。「さあね。誠仁会だって言ってたけど」

誠仁会といえば強盗や恐喝は序の口、架空請求詐欺から武器や薬物の密造・密売、違法風俗店の経営まで手広く商売している暴力団組織だ。そんな連中といったいどのような因縁があるのだろうか、この女。

「あなた、何者なの？」

尋ねると、女は意外そうに目を丸くした。「え、あたしのこと知らないの？」

彼女の顔を知っているような気はしていた。職業柄、人の顔を覚えるのは得意な方だが、珍しく思い出せずにいる。以前に会ったことがあるのか、どこかで見かけたことがあるのか。

その疑問はすぐに解決した。

「あたし、荒川ローサ」ハンバーグを咀嚼《そしゃく》しながら、女は名乗った。「今はホームレスだけど、昔は格闘家だったんだ。ROSAっていうリングネームで」

なるほど、と小百合は思った。元格闘家だとしたら、テレビで見たことがあるのかもしれない。あの戦いぶりにも納得がいく。道理で胆《きも》が据わっているし、腕が立つわけだ。

ローサは「結構有名人だったんだけど」と苦笑している。

「ごめんなさい、格闘技には詳しくなくて。でも、見たことはある気がする」

「いや、そうじゃなくてさ――」

ローサは何かを言いかけたが、すぐに「まあいいや」と口を噤《つぐ》んだ。

あっという間にハンバーグを食べ終え、ローサはオムライスに手をつけた。店員を呼びつけてセットのご飯をおかわりし、オムライスをおかずにしながら白米を口に運んでいる。数週間ほど絶食していたのかと思うようなその食欲に驚いていると、

「あんたこそ、何者？」

と、ローサが尋ねた。

「槙小百合、私立探偵よ」小百合は答え、彼女に名刺を手渡した。「食べないでね」

槙小百合探偵社、社長・槙小百合――名刺にはそう書かれていた。

「社長なの？　すごいじゃん」

「社員が私しかいないだけよ」

その小百合という女の顔を、ローサはまじまじと見つめた。切れ長の瞳に細く通った鼻筋。やや薄めの唇には赤い口紅が塗られ、肌理《きめ》の整った白い肌と艶やかな長い黒髪のコントラストが彼女の美しさを引き立てている。年齢不詳だが、どこか達観したような雰囲気があり、自分よりかは年上のようだった。見た目は若々しいくせに婆《ばあ》さんみたいに落ち着いた女だな、とローサは思った。ヤクザの揉め事に割って入ってくる胆の据わり具合からして普通の女ではなさそうだが、彼女の職業は私立探偵という素性の知れないものだった。

名刺をポケットの中へ無造作に突っ込み、ローサは最後に運ばれてきたティラミスに手をつけた。

「具体的にどんなことすんの、探偵って」

「ほとんどが浮気調査よ。あとは、誰かの素行を調べたり、行方不明になった人を捜し出したり。ストーキングや嫌がらせの犯人を特定することもあるわ。まあ、何でも屋みたいなものね」

小百合は噛み砕いて説明した。「ふーん」とローサは適当に相槌《あいづち》を打つ。行方不明になった人を捜し出す——その一言が気になった。

「いくらで雇えんの？」

「依頼の内容による」

「捜してほしい人がいるんだけど」

本気で依頼するつもりだった。ローサが真剣な声色で切り出すと、小百合の顔つきも変わった。組んでいた腕を解《ほど》き、両手をテーブルの上に置いてから、「それで？」と話の続きを促す。

「あたし、三歳年上の姉貴がいるんだけど、音信不通なんだよね。こないだ久々に姉貴のアパート行ったら、別の奴が住んでてさ」

出所後、ローサは真っ先に姉に会いに行ったが、そこに彼女の姿はなかった。アパートの大家によると、ローサが服役してすぐ後に引っ越したという。何も聞かされていなかった。

一度だけ、姉は刑務所まで面会に来た。それっきりだ。今、どこで何をしているのか、見当もつかない。

「もう三年も会ってないから、心配なんだ。様子を知りたい。名前は荒川アンナ。報酬はちゃんと払うから、居場所を調べてよ」

しかし、小百合は難色を示した。「申し訳ないけれど、あなたの依頼は引き受けられない」

ローサは眉間に皺を寄せた。「何でだよ」

「あなたのこと、よく知らないもの。安易に居場所を教えることはできないわ。ストーカーが知り合いの振りをして調査を依頼することだってあるの。あなたが本当に荒川アンナの妹である保証はないし、仮に本当に身内だったとしても、向こうがあなたに会いたがっているとは限らない」

突き放すような態度に内心かちんときたが、小百合の言葉は正論だ。おそらく、姉は自分に会いたいと思ってはいない。会いたくないから新居を教えなかったのだ。前科者の妹のことなんて、綺麗《きれい》さっぱり忘れてしまいたいに決まっている。

「あたしのこと知りたいなら、ネットで検索してみろよ。何でも書いてあるから」

穏やかじゃない口調になってしまった。完全に八つ当たりだ。ローサは「ご馳走《ちそう》様《さま》」と吐き捨て、店を出た。

今夜は同期議員の政治資金パーティが催される予定で、主催者から招待を受けたために千尋も顔を出さなければならなかった。会場は、都内でも有名なホテル・グランドロイヤル東京の大宴会場。祝儀袋と領収証のやり取りは公設秘書に任せ、千尋は中に入った。ビュッフェの料理が並ぶ立食形式の会場には、すでに大勢の出席者が集まっている。ざっと見て三百人は超えているだろう。奥の壇上には『保坂祐介《ゆうすけ》先生と国の未来を語る会』の文字。何が国の未来だ、と千尋は空々しさを覚えた。政治家なんて皆、頭にあるのは選挙区《シマ》と献金《カネ》のことだけ。ヤクザみたいなものだ。本当に国の未来を考えている聖人のような議員は今の国会に指折り数えられるほどしかいないだろうし、少なくとも保坂がそれに該当しないことは断言できる。

ウェルカムドリンクを片手に、顔見知りの出席者数人に声をかけた。挨拶回りをしているうちに主催者が現れ、次から次に来賓が喋り始める。メインは父親である保坂前防衛大臣だ。政界を退いた今でも影響力は持っているらしい。「皆さんの力で愚息を立派な政治家に育ててやってください」と砕けた調子で挨拶している。

五人目に名を呼ばれ、千尋は壇上に上がった。人前に出るのはあまり得意ではないし面倒だが、職務上そうも言っていられない。マイクの前に立ち、保坂議員について適当に褒めちぎった後で、「保坂先生とは同期として今後も切磋《せっさ》琢磨《たくま》しながら、新しい日本を作るために共に邁進《まいしん》していきたい所存です」と無難な言葉で締めた。

乾杯の音頭が取られ、飲み物に口をつけたところで役目は終わりだ。千尋は料理に手をつけることなく会場を後にした。公設秘書と別れ、ホテル正面のエントランスを抜けると、タクシーに交じって一台のレクサスが停まっていた。

「お疲れ様です、千尋さん」

運転席から八木が降りてくる。いつものように周囲を警戒しながら千尋を車に乗せた。シートに体を預け、千尋は深いため息を吐き出した。「馬鹿らしいよね、ビールひと口で二万円だなんて」

パーティ券を配って資金を集める。先輩だろうと後輩だろうと党内の議員に招待されたら文句も言わず金を包む。これが政治家の仕事だ。

車を発進させながら八木が尋ねる。「保坂議員といえば、前防衛大臣の息子ですよね？　同期の千尋さんに声をかけないといけないほど、参加者集めに苦しんでいるとは思えませんが」

「いや、パー券は飛ぶように売れてるみたいだよ」

現にパーティは大盛況だった。あのホテルの中でも最も広い宴会場が人でいっぱいになるほどに。

「保坂はただ、自分の力を誇示したいだけなんだろう。自分のパーティには松田法務大臣の息子だって駆けつけてくれるんだ、ってね。その証拠に、他の同期議員は招待されてない。露骨だよね」

「なるほど、お父様の力を利用されたわけですか」

「いい迷惑だよ、ほんと」

千尋の所属する政党では、パーティに招待された議員が料理に口をつけるのはマナー違反とされている。乾杯が済めば、ずらりと並ぶご馳走に目もくれずに退散しなければならない。飲まず食わずで金だけが飛ぶ。政治家は交際費も馬鹿にならない。

「お腹空《なかす》いた。ラーメン食べたいな。いつものあの店、寄ってくれる？」

「承知しました」

八木がハンドルを切り、新宿方面へと車を走らせる。ナビの画面がテレビに切り替わり、夜のニュース番組が流れた。ちょうど死亡事故が報道されている。聞き流しながら千尋はタブレット端末を弄った。

『死亡していたのは』女性キャスターが神妙な声色で原稿を読み上げる。『このマンションの住人である藪智弘《ともひろ》さん、四十三歳で』

藪智弘――その名前が耳に届き、千尋ははっと顔を上げた。八木も同じことを考えたようで、ミラー越しに見える目が大きく見開かれている。

「藪って、まさか」

八木が小さく頷き、テレビの音量を上げた。『警察では事故の原因を――』


槙小百合探偵社からほど近い場所に龍山亭《りゅうざんてい》というラーメン屋がある。路地裏でひっそりと営業している小さな店だが、ここの店主が作る豚骨スープは格別だった。

スライド式のドアは常に開けっ放しになっていて、中から臭みの強い豚骨の匂いが漂ってくる。赤い暖簾《のれん》を潜り、小百合は店に入った。内装は古く小汚い。黄ばんだ壁に貼られたお品書きはとうに色褪《いろあ》せ、所々破けていた。狭い店内にテーブル席が三つと、調理場に面したカウンター席が五つある。客は誰もおらず、備え付けのテレビから流れる野球中継の音だけが店の中に響き渡っていた。小百合はカウンター席の隅に腰を下ろし、無愛想な店主に注文を告げた。出来上がりを待っている間、タブレット端末を取り出し、検索する。

――ネットで検索してみろよ。何でも書いてあるから。

彼女の言う通り、確かにそこには何でも書いてあった。格闘家だったという話は事実らしい。「荒川ローサ」で検索すると情報が山ほど出てくる。基本的なプロフィールから、生い立ち、インタビュー記事、試合の動画。週刊誌のネット記事も多数。中でも『元格闘家・ROSA、傷害致死で実刑判決』という見出しが目に留まった。差し出されたラーメンを啜《すす》りながら、小百合は頭の中で情報を整理した。

荒川ローサ——現在二十五歳。東京都出身。メキシコ系アメリカ人と日本人のハーフ。元格闘家。十五のときに性犯罪の被害に遭ったことがきっかけで強くなりたいと思い、格闘技を習い始めたとインタビューで語っている。MMAのプロデビュー戦で圧倒的な強さを見せて華々しい勝利を飾り、それ以降も安定した成績を残す。可愛《かわい》らしい顔立ちからは想像できない荒々しいファイトスタイルが持ち味で、多くのファンを獲得したが、人気絶頂の最中《さなか》に事件を起こしている。記事によると、ローサは交際相手と口論になり、それが殴り合いの喧嘩に発展。逆上して相手を死なせてしまったという。執行猶予は付かず、判決通り三年間服役している。模範囚ではなかったようだ。

取り調べでは一貫して罪を認めず、正当防衛を主張したローサに世間の風当たりは厳しかったようだ。週刊誌のネット記事も、ローサの現役時代の写真とともに彼女を糾弾するような内容を掲載している。

「——小百合さん、格闘技好きだっけ？」

ローサの写真を眺めていると、不意に声をかけられた。千尋だった。政治家のお坊ちゃんに小汚いラーメン屋は似合わないが、元々この店は千尋の行きつけで、事務所の近くに美味《うま》いラーメン屋があると小百合に紹介してくれたのも彼だった。

「依頼人よ。家族の行方調査を頼まれたの」

「へえ、手伝ってあげようか」

「結構。あなたに頼むと高くつくし、依頼は断ったから」

「残念」千尋は笑みを浮かべ、一つ空けた隣の席に腰を下ろした。「それで、どんな感じ？　山室麻衣の素行調査は」

「今のところ問題はなさそうね。婚約者と電話しているときの彼女の表情、とても嬉《うれ》しそうだった。他に男がいるとは思えない」

「そう。『何か隠してる気がする』っていう川島氏の悪い予感は、ただの杞憂《きゆう》だったかな」

千尋は割り箸に手を伸ばした。出来立てのチャーシュー麵に箸をつけ、「やっぱラーメンは豚骨だよね」と目を細めている。

「あなたの立場なら、いくらでも美味《おい》しいものを食べられるでしょう」

「回らない寿司も目の前で焼いてくれるステーキも、この店のラーメンには敵わないよ」

「安上がりな舌」

一笑し、小百合は記事の続きに目を通した。「それにしても」と眉を顰めたくなる内容だった。「反則が多かった」「試合に負けるとスタッフに手を上げていた」などとローサの現役時代の悪評をあることないこと書き連ねた上、彼女の家族にまで矛先を向けている。ローサの姉に対して記者は執拗《しつよう》に突撃し、無理にコメントを取ろうとしていたようだ。「自分は無関係だという態度を貫いていた」「加害者の家族としての自覚がない」という所感を述べた後で、「この日も男と出掛けていた」と事実かどうかもわからない一文を書いている。まるで終始煽《あお》っているような、不愉快な文体だ。ローサと彼女の身内へのバッシングに火をつけたのは間違いなくこの記事だろう。

「この記事を書いた男、品性を疑うわね。家族のプライバシーまで面白おかしく書き立てて」

「誰が書いたの？」

記事の最後に寄稿者の名前が記されている。小百合は読み上げた。「藪智弘」

「死んだよ、その男」

驚き、小百合は千尋を見た。彼は平然とした顔で麺を啜っている。

「……死んだ？」

「うん。ついさっき、ニュースで見た。詳しいことはわからないけど」

小百合はタブレットを操作した。今度は「藪智弘」で検索する。速報のニュース記事が出てきた。都内のマンションの駐車場で変死体が発見され、身元はこのマンションの住人で、週刊文衆の記者・藪智弘さん（43）と判明。警察が事故と自殺、殺人のすべての線から調べを進めている。――そんなことが書いてあった。

「ちょっと気になるんだよね、その事件。なにか裏があるかもしれない。藪の悪名は永田町界隈《かいわい》でも有名だったから」レンゲでスープを掬《すく》い、千尋は眉を顰めた。「これから所轄の刑事に会って、詳しく話を聞いてみるよ」

時刻は夜の十時を過ぎていた。国会議員の仕事だけでも忙しいだろうに、この男はいつも余計なことに首を突っ込もうとする。「働き者ね」とからかうと、千尋は口角を上げた。

「血税を頂いてますから」

小百合という探偵のおかげで腹は膨れたが、苦しい状況は続いている。娯楽に興じる金がないので適当に時間を潰すこともできず、ローサはただ目的もなく歌舞伎町《かぶきちょう》をぶらついていた。

刑務所はよかったな、と思う。寝床はあるし、飯も出てくる。刑務作業はしんどいが、時間潰しにはなる。まさか、あのクソみたいな場所を恋しがることになるとは思わなかった。ムショもクソだが、娑婆もクソだ。鮮やかなネオンに照らされたこの街は、特に汚らしい人間で溢《あふ》れている。視界に飛び込んでくるのは、飲み屋を梯子《はしご》する酔っ払いの親父に、路地裏でシャブを買っているガキ、下心丸出しで女に声をかける野郎ども――。

「お姉さん、可愛いねえ。一緒に飲み行こうよ」

今も目の前で男が若い女に付きまとっている。女は露骨に迷惑そうな表情を浮かべており、無言でやり過ごそうとしているが、男はめげずに後を追っていく。女が早歩きになった。相手にされないことに苛立ったのか、男は急に態度を変え、「無視すんな」「ブスが調子乗ってんじゃねえよ」と吠《ほ》えた。女の腕を摑み、殴りかかろうとしている。許しがたい所業だ。嫌がる女にしつこく言い寄るだけでも大罪なのに、挙句の果てに暴行しようだなんて。ローサの体は無意識のうちに動いていた。

「調子乗ってるブスはてめえだろうが」

気付いたときには割って入っていた。ローサは右手で男の拳を摑み、左手で相手の顔面を殴った。男が激痛に悶《もだ》えている隙に、「早く逃げろ」と女に命じる。ヒールの音を打ち鳴らして駅の方向へと走り去ったのを確認してから、ローサは男を睨みつけた。

「ついさっき可愛いって言ってたの、もう忘れたのかよ。相手にされないと急に掌返しやがって。恥ずかしい奴」

男は酒が入っていて、気が大きくなっているようだった。「ふざけんなよ、このブス」とローサを罵っている。

「ほんと、男ってクソな生き物だよな。絶滅してほしいわ」

こんな往来で殴り合いの喧嘩は避けたいところなのだが、相手はすっかりその気になっている。仕方なく付き合ってやることにした。酔っ払いの素人の攻撃なんて、目を瞑ってても避けられる。殴りかかってくる男を適当に受け流し、カウンターをお見舞いしてやった。酔いが回っていて痛みに鈍くなっているのか、いくらボコボコにされても男はめげずに立ち向かってきた。張り合いはないが、サンドバッグ代わりにはなる。憂さ晴らしにはちょうどいい。

いつの間にか野次馬に囲まれていて、警官の登場でさらに騒がしさが増した。「やめなさい」「おとなしくしなさい」と叫ぶ声が聞こえてくる。通行人の誰かが通報したのだろう。制服警官の姿を見た瞬間、男は血相を変えて逃げて行った。あの慌てようじゃシャブかなんか所持してんだろうな、などと邪推していると、駆け付けた警官が「動くな」とローサの両腕を拘束した。

「は？　いや、ちょっと待てって」

警官はこのままパトカーに乗せようとしている。ローサは抵抗した。

「ふざけんなよ、あたしは何も悪いことしてねえだろ！」

腕を勢いよく振り払うと、警官が過剰なまでに反撃してきた。数人がかりでローサの体をパトカーに押し付け、後ろ手に手錠を掛ける。「はい、公務執行妨害ね」

これだからサツは嫌いなんだ。ローサは舌打ちし、手錠を掛けられた手で中指を立てた。

「原因は、消火装置の誤作動だったよ」

車のボンネットに浅く腰掛け、新宿警察署の刑事はそう言った。西新宿《にししんじゆく》駅の東側にあるビルの地下駐車場に二台の黒い車が並んでいる。ひとつは千尋の私用車、もうひとつは覆面の捜査車両だ。

　この男は菅井《すがい》という名前で、強行犯捜査係の警部補だ。あと数年で定年というベテラン刑事にこうして捜査情報を流してもらえるのは、ひとえに父親のコネのおかげだった。菅井は松田和夫法務大臣の古い友人であり、支援者だ。千尋のことも昔から知っている。

　二台の車の間に立って腕を組み、千尋は尋ねた。「消火装置？」

「二酸化炭素が消火剤になってる、不活性ガス消火設備とかいうやつでさ。あのマンションの地下駐車場で火災が発生すると、二酸化炭素が充満する仕組みになってんだって」

「空気中の酸素濃度を下げることで消火する、ってわけか」

「そうそう。藪智弘は自分の車の傍でくたばってた」

　こんな感じで、と菅井が現場を再現する。地べたに寝そべる菅井を見下ろし、「なるほど」と千尋は頷いた。藪は自宅の駐車場に車を停め、降りたところでちょうど設備が作動し、酸欠で死んでしまったということだろうか。

「防犯カメラの映像は？」

起き上がり、コートの埃を叩《はた》きながら菅井が答える。「それがさ、残ってないんだよ。その時間帯、ちょうどシステムのメンテナンス中だったらしくて」

「要するに、たまたま駐車場に藪が一人でいたときに、たまたま消火装置が誤作動して死んでしまったけど、たまたまその日はカメラのメンテナンス日で死ぬときの様子は映ってなかった、と?」

「そういうことになるなあ」

出来過ぎた話だ。千尋は眉を顰めた。たまたまという言葉では片付けられないほど都合がいい。さすがに菅井も違和感を抱いているようで、釈然としない表情で付け加えた。「消火設備の誤作動による事故死ってことで、捜査は終わった。……ただ、妙なことに、被害者のスマホとパソコンが見当たらないんだよ」

藪の自宅や職場を捜索したが、私物の端末は何も見つからなかったそうだ。記者という職業柄パソコンの類を所有していないとは考えにくい。ますます不可思議な事件だなと千尋は唸った。

「情報ありがとう、菅井さん」

礼を告げると、菅井は「それにしても」と感嘆の声を漏らした。

「あの千尋くんが、こんなに大きくなっちまって……俺も歳をとるわけだなあ」禿《は》げた頭を撫《な》でながら、まるで久々に会った親戚のような口調で菅井が言う。「覚えてるかい？　君が生まれたばかりの頃、抱っこさせてもらったんだけど」

「いや、覚えてるわけないでしょ」

「そんとき、君が俺の髪の毛を摑んで、引っこ抜いちまったんだ。おかげでこの有様《ありさま》だよ」

自虐的な冗談にどう反応すべきか悩んだ末、とりあえず「その節はごめんね」と謝ると、菅井は豪快に笑った。

直後、着信音が聞こえてきた。菅井の携帯電話が鳴っている。どうやら署からの呼び出しらしく、菅井の表情から笑みが引き、刑事の顔つきに変わった。

「……暴行事件？　わかった、すぐ行く」

短く告げ、菅井は電話を切った。

立ち去る覆面パトカーを見送ってから、千尋も自分の車に乗り込む。運転席で待っていた八木が声をかけてきた。「何か収穫はありましたか？」

まあね、と千尋はほくそ笑んだ。

狭い部屋に閉じ込められて散々待たされた挙句、取り調べに現れたのは一人の草臥れた親父だった。菅井と名乗ったその刑事は、ふてぶてしく机の上に両足を乗せて座っているローサを見て「ずいぶん寛《くつろ》いでんなあ」と苦笑を浮かべた。

「初めてじゃないしね、もう慣れたもんよ」

ローサは鼻を鳴らした。取調室の椅子に座るのは今回で二度目だ。過去の記憶が頭を過《よぎ》る。あの事件のときは長時間缶詰めにされ、ひどく絞られた。元々好意的な印象を持ってはいなかったが、あの事件がきっかけで警察のことは大嫌いになった。

「威張ることじゃないぞ」

眉を顰め、菅井がボールペンを握った。

「――だからさ、あたしは悪くないんだってば。あのクソ野郎が女の人殴ろうとしてて、止めに入っただけなんだって。そしたら今度はあたしを殴ってきたんだから、やり返すしかないじゃん？」

事件の経緯を語ると、

「事情はわかったから」と、菅井は面倒くさそうに頷いた。「まあ、相手も逃げたということは、被害届を出すこともないだろうしね」

ローサは何度も頷いた。そういうことだ。話のわかる刑事でよかった。

「じゃあ、もう帰っていい？」

「いや。お前には前科があるから、簡単に帰すわけにはいかない」

ローサは立ち上がりかけた腰を下ろし、むすっとした顔で頬杖《ほおづえ》をついた。

「電話番号は？」

「スマホもってない」

「住所は？」

「公園」

正直に答えているのに、

「……これじゃ釈放できんな」と、菅井は呆れ顔だ。「誰か迎えに来てくれる人はおらんのか？　家族は？」

「親はいない。死んだ」

「兄弟は？」

「姉が一人いるけど音信不通」ローサは身を乗り出した。「行方、捜してるんだ。警察の力で何とかなんない？」

菅井はローサの言葉を無視し、質問を続ける。「他に誰か知り合いは？」

知り合い――いない、と答えようとしたところ、ふと一人の女の顔が浮かんだ。そういえば、名刺をもらったんだっけ。ワークパンツのポケットに手を突っ込み、くしゃくしゃになった一枚の紙を取り出す。

槙小百合探偵社、槙小百合。電話番号も書いてある。ローサは名刺を机の上に叩きつけた。「この人に電話して」

新宿署から連絡があった。いったい何事かと身構えていたところ、荒川ローサが捕まったことを知らされた。担当刑事の話によると、ローサは街中で大暴れし、男を殴って捕まったらしい。出所してからまだそんなに日が経っていないはずなのに、さっそく警察の世話になるとは。血の気の多い女だ。

なぜ小百合が新宿署に呼び出されたのか、その経緯は簡単に想像がつく。警察もさすがに公園に住んでいる前科者を野放しにするわけにはいかないのだ。もし今後どこかで再犯し、「以前取り調べはしたけど現在の住所も連絡先もわかりません」ではお話にならない。有事の際のパイプ役として、たまたま名刺を渡していた小百合が選ばれてしまった、ということだろう。

とはいえ、自分は彼女とは何の関係もない赤の他人である。面倒事に巻き込まれてしまった、と小百合はため息を吐いた。手続きを済ませ、署の前で待つこと十数分、ローサが正面玄関から出てきた。立番をしている制服警官に向かって「お疲れー」とふざけた調子で敬礼し、口笛を吹きながら歩いてくる。暢気なものだ。小百合の姿を見つけると、ぱっと表情が明るくなった。「あ、小百合ちゃん」と声を弾ませる。

「迎えに来てくれてありがと、助かったよ。あのジジイ、なかなか帰してくれなくてさぁ。でも、金ないって言ったら五百円くれた。サツにしてはいい奴だったわ」

「男を殴ったんですって？」

訊けば、ローサは得意げに語った。「女に絡んでたクソ野郎を、サンドバッグにしてやった」

呆れた。反省の色がまったくない。

「すぐ手が出るのは、あなたの悪い癖ね」

この女は前にもヤクザとやり合っていた。どうしてそんなに喧嘩っ早いのか、その理由を問い詰めると、ローサは「嫌いだから」と胸を張って答えた。

「あたし、男って生き物がこの世で一番嫌いなんだよ」苦虫を嚙み潰したような顔で言い、彼女はよくわからない例え話を持ち出した。「もし、無人島で男と一緒に生活しろって言われたら、海泳いで脱出するね。途中でサメの餌になった方がマシ」

「男じゃなくて、非常食だと思えばいい」

ローサは声をあげて笑った。「いいね」

言われた通り迎えに来てやった。これで役目は終わりだ。もう二度と彼女と会うことはないだろう。別れを告げ、小百合は踵を返した。

ところが、新宿署を後にしてからも、ローサは小百合に付きまとっていた。「今日のお礼に一杯奢るよ」と言われたので、どこかバーにでも立ち寄るのかと思いきや、ローサが向かった先は公園だった。自動販売機で缶コーヒーを一つ購入し、小百合に渡すと、自分は水道の水を飲んでいた。小百合は遠慮なく缶を開け、ベンチに腰を下ろした。ローサは公園の遊具のひとつ、滑り台の上に座っている。

「あなたの男嫌いは、過去の事件のせい？」

単刀直入に尋ねると、ローサは青い目を細めた。「あたしのこと調べたんだ」

「ネットで検索しろって言われたから」

ローサは過去に性犯罪に遭っている。おまけに交際相手との喧嘩で人生が台無しになった。男に対して嫌悪感を抱くのは理解できないこともない。

「人殺してんのに、何とも思わないの？」

「別に」

「珍しいね。みんな前科者だって聞くと、すげえ目で見てくるのに」

「前科者の善人もいれば、犯罪歴のない悪人もいる。そういうものでしょう？」

と答えると、ローサは少し嬉しそうな顔をした。「あたしのこと、信用してくれるんだ」

「信じてるのはあなたじゃなくて、統計よ。身内を殺した犯人の再犯率は低い。交際相手を殺したあなたが、再び殺人事件を起こすとは考えにくい」そう言った後で、小百合は付け加えた。「――と思っていたけど、今日の武勇伝を聞いたら考えを改めたくなったわ」

「ひとつ言い訳させてもらうと、交際相手じゃないんだよね、殺した相手」

「そうなの？」

「クソ週刊誌の記事のせいでデマが広がっちゃってるけど、本当はスポンサーの知り合いで、あたしのファンだった人。一緒に飲んでるうちに薬盛られて、気付いたら部屋に連れ込まれてて。あたしのことレイプしようとしたから、ブチ切れちゃってさ。拳の骨が折れるまで殴ってたよ。我を忘れてたからよく覚えてないんだけど、その間にテーブルの角に頭ぶつけたみたいで、死んでたんだ。頭の打ち所が悪かったらしい」

事件の全貌を淡々と語りながら、ローサはスライダーを滑り降りた。服の擦れる音が静かな公園に響く。

「強姦未遂《ごうかんみすい》の証拠があったから、過剰防衛が認められて懲役三年で済んだ。後で愉《たの》しむために男が録画してた映像に助けられるなんて、笑えるよなぁ」

「気の毒な話だわ」コーヒーを一口飲み、小百合は静かに告げた。「二十代の貴重な三年間を、そんな男のせいで奪われて」

「あたしはまだいいよ、当事者だし」

ローサが視線を落とす。街灯に照らされた彼女の表情は、らしくなく曇っている。

「一度だけ、姉貴が面会に来た。怒鳴られたよ、『あんたのせいで人生が台無しになった』って。姉貴にすっげえ罵られて、最初はふざけんなって思った。悪いのはあたしじゃないのに、なんで責められないといけないんだって。けど、それは姉貴の台詞だよな。あたしの事件のせいで、姉貴は本名とか職業とか特定されて、変な奴に追い回されたり嫌がらせされたりしてた。職場も辞めなきゃいけなくなったし、引っ越しもしてた。あたし、娑婆に出て、ネットカフェで検索してから、ようやく姉貴がどんな目に遭っていたのかを知ったんだ。反省したよ。もう一度、姉貴に会って謝りたいって思ってた」

ネット上で姉の個人情報を見つけ、ローサは彼女の部屋を訪ねた。だが、そこには姉の姿はなく、引っ越した後だったという。引っ越し先の情報は特定されていなかった。そのときにはすでに世間はローサの事件に興味を失い、別の玩具《おもちゃ》を見つけていたのだろう。

普段の彼女からは想像できないほどの弱々しい声で、ローサは「姉貴に償いたかった」と零《こぼ》した。

「あなたのこと、誤解してたわ。ごめんなさい。てっきり、お姉さんにお金をせびりに行くつもりなのかと疑ってた」

だから調査の依頼を断った。ローサは気分を害した様子はなく、ゆっくりと首を振った。「ただ、姉貴が今どうしてるのか、知りたいんだ。ちゃんと幸せに過ごせてるのか、一目でいいから姿を見たい。それだけ」

小百合は今、山室麻衣の素行調査を抱えている。暇ではないし、割に合わない仕事になるとわかりきっている。それなのに、どういうわけか彼女の切実な願いを無視することはできなかった。滑り台の麓で小さく背中を丸めているローサに、小百合は声をかけた。「お姉さんの居場所、調べてあげる」

ローサの青い瞳が揺らいだ。

後のことだった。

ローサが寝泊まりしている公園に小百合が姿を見せたのは、依頼を引き受けた二日

「お姉さんの現住所がわかったわ」

たった二日で。ローサは「マジかよ」と目を丸くした。寝転んでいたベンチから起き上がり、小百合を見上げて尋ねる。「どうやって調べたの？」

「GPS発信機を入れた郵便物を前の住所に送った。転送届が出されていたら、今の住所に届く。ストーカーがたまに使う手口よ」

「すげえ」

小百合は公園の前に車を停めていた。ブラウンの軽自動車だ。似合わない車だなと思った。鮮やかな色のスポーツカーでも乗り回してそうなのに。「地味な車」と小馬鹿にすると、小百合は「探偵は派手な車に乗らないの、普通はね」と返した。助手席に乗るよう促され、ローサは素直に従った。これから姉のところに向かうという。正直、心の準備はできていなかったが、小百合は構うことなくアクセルを踏んだ。北方面へと車を走らせる。

姉の引っ越し先は練馬区《ねりまく》にある古いアパートだという。小百合が建物の前に駐車した。ローサが降りたところで、彼女は運転席の窓を下ろし、

「それじゃ、私はここで」

と、別れを告げた。

「待ってよ」ローサは呼び止めた。「お願い、一緒に付いてきて」

面会のときの記憶が頭を過った。姉と会って、またあんな風に罵られたら――怖くなった。一人で会いに行く勇気がなかった。「しょうがないわね」とでも言いたげな表情で小百合は車を降りた。付き添われながらアパートの階段を上がり、２０３号室に向かう。

深呼吸をしてから、ローサはインターフォンを押した。しばらくして、ドアが開いた。チェーンを付けたまま、ドアの隙間から女が顔を覗かせ、ローサたちをじろじろと見た。

「どちらさまですか」

姉ではなかった。まったくの別人だ。顔も、声も。見ず知らずの女。どういうことだ、とローサは目を見開く。

「あんた、誰だよ」

問《と》い質《ただ》すと、女は怯えた表情を浮かべた。小百合は詰め寄るローサを宥《なだ》め、背後に追いやった。すみませんでした、とにこやかに謝ってから、代わりに尋ねる。「こちらは、荒川アンナさんのお住まいですよね？」

「ええ、そうですが……」

「荒川さんはどちらに？」

「どちらにって」女は眉を顰めている。「私が、荒川ですが」

何を言ってるんだ。我慢ならず、ローサは思わず割って入った。「はあ？　あんたが荒川アンナ？」

「そうですけど」

頷いた女に、「ふざけたこと言ってんじゃねえぞ、誰なんだよテメェ」と怒鳴る。

「何なんですか、あなた。警察呼びますよ」

警察、という一言にローサは押し黙った。小百合が「出直しましょう」と耳打ちする。

「どうも、失礼いたしました」

小百合は頭を下げ、ローサの腕を引いた。むしゃくしゃした気分で車に戻る。助手席に乗り込み、「どういうことなんだよ」と声を張り上げた。わけがわからない。「あの女、何なんだよ。何モンなんだよ」

「落ち着きなさい」

叱られ、ローサは口を噤んだ。覚悟を決めて姉に会いに行ったのに、そこにいたのは別人の女。拍子抜けだ。いけしゃあしゃあと姉の名を騙《かた》る女にも腹が立った。冷静でいられなかった。小百合はローサを見据え、「大声をあげればいいってものじゃないの、借金取りじゃないんだから」と注意した。小百合の指摘で、ローサは自分が下手を打ったことを自覚した。穏やかに事を進めていれば、あの女から何か手掛かりを訊き出せたかもしれない。「ごめん」と謝ると、小百合は車を出しながら「次の手を考えましょう」と答えた。

「彼女、本当にお姉さんじゃなかった？　整形したとは考えられない？」

訊かれ、ローサは首を振った。「ありえねえ。声も別人だったから」

「そう」小百合が前を向いたまま言う。「……だとしたら、考えられる可能性は一つね」

「まさか、同姓同名とか？」

「そんなはずはない。転送先の住所なんだから」車を運転しながら、小百合が呟くように告げる。「あの人、妙に怯えてた」

「あたしが怒鳴ったから？」

「いえ、あれは心当たりがある怯え方よ」

小百合が何を言いたいのか、ローサにはさっぱりわからなかった。このまま新宿に帰るのかと思いきや、小百合は急にUターンして、来た道を戻った。


今日は珍しく会食もパーティもなく比較的早い時間に帰宅できた。リビングでスーツの上着とベストを脱ぎ捨て、ネクタイを緩めながら移動する。２ＬＤＫの間取りのうち、一部屋は寝室。もう一部屋は趣味のための空間で、大きなモニターと三台のデスクトップパソコンが設置されている。千尋は子供の頃からパソコンを弄るのが好きだった。

藪智弘の事件については、やはり事故死という結論で片付けられていた。本革張りの椅子に腰掛け、藪に関するネットの記事を漁《あさ》っていたところ、ドアをノックする音が聞こえた。八木がカップを手に部屋へと入ってくる。「コーヒーです、どうぞ」

「ありがとう」

一口飲み、私設秘書の有能さに感動を覚えた。酸味と苦みのバランスのいいメキシコ産の豆で淹《い》れたコーヒーは千尋の好みに合っている。

「例の事件を調べていたんですか」と、八木が画面を覗き込みながら言った。「まさか、政調会長が絡んでいると考えてます？」

「いや、たかが不倫記事の揉み消しに、殺しまでやるとは思えないね」千尋は首を捻った。野村政調会長ほどの大物となれば、不倫スキャンダルをちらつかせる記者などただの蠅《はえ》みたいなものだろう。わざわざ叩き潰すまでもない。

「藪は議員の間でも嫌われてたし、敵は他にもいたはずだよ」

「そう信じましょう。私たちの工作のせいで死人が出たとあっては、後味が悪いですし」

「違いない」

藪に送り付けたUSBメモリにはコンピュータウイルスを仕込んでおいた。藪がそれをパソコンに差せば、中のデータのすべてが勝手にこちらへ送信されるよう仕向けたのだ。藪のパソコンの中身こそが、千尋の本当の狙いだった。匿名で政調会長のスキャンダルを告発したのは、大物政治家の不倫ネタを餌に、永田町の嫌われ者が抱えている爆弾のような情報をすべて手に入れるため。他人の弱みを握るためだ。

ウイルスの働きによって届いたデータの山に目を通す。様々な人物の醜聞をまとめたファイルが並んでいる。

千尋は唇を緩めた。「藪の死を喜んでる人間は多そうだね」

ファイルを漁っているうちに、ある記事の入稿データを見つけた。藪が数年前から取り組んでいる特集のようだ。八木に印刷とファイリングを頼み、千尋は記事を読んだ。内容は元アイドルについて。オーディションで選ばれた二十人組の人気アイドルで、その中でも特に清純派で売っていたメンバーが異性関係のスキャンダルによってグループを脱退。その後は大きな仕事もなく、ドラッグ絡みの事件をきっかけに芸能界を引退し、数年後にAV女優として再デビューした、というものだった。独占インタビューにて、その元アイドルは今の仕事について「気持ち悪いオタクを相手にしなくていいから（アイドル時代より）楽」と語っている。この記事が話題となり、「過去に話題になった人物・集団の現在の姿を追う」という内容でシリーズ化することになったようだ。

第二弾はカルト教団の元信者について。両親が宗教法人『帝国教会《ていこくきょうかい》』の信者で、幼い頃から教団の施設で育った女性――名前についてはイニシャルM・Yと伏せている――を取材している。

第三弾の記事は、元格闘家についてだった。傷害致死で三年服役した総合格闘家R

ＯＳＡの現在を取材している。このファイルは更新日の日付が最新で、まだ原稿を書いている途中だったようだ。公園で寝泊まりする彼女の写真のデータもある。

「……この女」最近どこかで見かけた名前だなと思った。すぐに思い出した。「小百合さんが調べてたっけ」

ローサは電柱の陰に隠れ、荒川アンナの自宅アパートを見張っていた。すっかり日が暮れ、辺りは暗くなっている。街灯がぼんやりと夜道を照らしていた。

偽者の荒川アンナの張り込みを提案したのは小百合だ。まさか前科者の自分が、こんなドラマに出てくる刑事のような真似《まね》をするとは思わなかった。しばらく監視していると、「交代の時間よ」と小百合が現れた。

「ねえ、いつもこんなことしてんの、探偵って」

ローサの質問に、小百合は建物に視線を向けたまま「大抵は」と返した。大変な仕事だな、と思う。体力に自信のある自分でさえ、立ちっぱなしで足腰が痛くなってきた。小百合の愛車は近くのコンビニに駐車してある。車に戻って休憩を取ろうとした瞬間、小百合が鋭い声で「行くわよ」と告げた。動きがあったようだ。見れば、偽の荒川アンナが部屋から出てきたところだった。大きなキャリーケースを引きずっている。

「こんな時間から旅行？」

「旅行というより、まるで夜逃げみたいね」

女は最寄り駅がある方へと向かっている。尾行を開始した瞬間、思わぬ事態が起こった。どこからともなく黒いワゴン車が現れ、女の進路を塞いだ。スライド式のドアが開き、中から素早く二人の男が降りてきた。男たちは彼女の腕を摑み、車に引きずり込もうとしている。人気のない路地に悲鳴が響いた。

助けなければ、と思った。拉致の現場を目の当たりにして、ローサは無意識のうちに走り出した。「何やってんだよ」と叫びながら助走をつけ、女の手を摑んでいる男に飛び蹴りを食らわせた。体勢を崩し、男が地面に転がる。掌で彼女の口を塞いでいたもう一人の男が、ローサに殴りかかってきた。攻撃を躱《かわ》していると、もう一人が起き上がり、黒い塊を取り出した。拳銃だった。

体が強張《こわば》った。まずい、と思った。恐怖を覚え、身が竦んだ。ローサの額に冷や汗が滲んだその瞬間、男の体が勢いよく弾かれた。車に撥《は》ねられ、地面に倒れ込んでいる。男に追突したのは小百合の軽自動車だった。運転席の窓から顔を出し、小百合が

「早く乗って！」と声を張った。

後部座席に女を押し込み、自分も乗り込もうとしたが、背後からスカジャンの襟を摑まれた。逃走を阻止しようとする男の顔面に、体を反転させながらエルボーを一発お見舞いする。男の手が緩んだところで座席に飛び込むと、ドアを閉めるよりも先に車が発進した。数発の銃声が追いかけてきたが、弾は当たらなかった。

「怪我《けが》はないですか、荒川さん」

と、ハンドルを握る小百合が声をかけた。偽者の女は小刻みに頷き、震えながら両手で体を抱え込んだ。かなり怯えている様子だ。いきなり拉致されかけたのだから無理もない。

「ひとまず、安全な場所に移動しましょう」

小百合の車は高速道路に入り、さらに加速した。彼女は前を向いたまま「よくやったわ」とローサを褒めた。ローサは「結構ヤバかったけど」と苦笑を返した。

「あいつら、戦い慣れてた。素人の愉快犯じゃねえぞ」

戦った感触でわかる。あの男、強かった。それに、拳銃も持っていた。あれはさすがに危なかった。銃は苦手だ。あのまま長引いていたら自分は負けていたかもしれない。準備の良さと、人を撃つことに抵抗のない冷酷さ。単なる強姦や強盗目的で彼女を拉致しようとしたとは思えなかった。

「あんた一体、何に狙われてんだ？」

尋ねると、女は恐々《こわごわ》と口を開いた。「あなたたち、教団の人間じゃなかったんですね」

「キョーダン？」

ローサは首を捻った。

「教団って、どういうことです？」

「……私、帝国教会の信者だったんです」

という彼女の告白に、小百合は「なるほど」と頷いた。

「テイコクキョーカイって、どっかで聞いたことあるな」

「カルト教団よ。十五年前に警察が潰したけど、今でもセクトが残ってる」簡単に説明してから、小百合は質問を続けた。「ですが、どうして教団が元信者のあなたを狙うんですか？」

「それはたぶん、私が週刊誌の取材を受けたからだと思います。ちょうどその頃から脅迫されるようになったので……」

「つまり、内部事情を暴かれたくない教団が、あなたの口を封じようとしたということですか」

女は小さく頷いた。「だと思います」

さすがに身の危険を感じ、教団から逃れるために他人の戸籍を手に入れた——という事実を彼女は打ち明けた。

「あなたが手に入れたその戸籍が、荒川アンナという人物のものだった、と？」

「そうです」と彼女は頷いた。「同じくらいの年齢の女性のものが、その人の戸籍しかなくて」

「相手は誠仁会だろ？　戸籍の売買で儲《もう》けてるもんな」

女は否定しなかった。ということは、ローサの姉はヤクザに戸籍を売ったのか。自分の名前を捨て、加害者の家族として世間から非難されることのない、平穏な人生を送るために。

高速道路を降り、しばらく適当に車を走らせている間、その女は事の一部始終を説明した。彼女は誠仁会からローサの姉を紹介され、お互いの住居と戸籍を交換することにした。その後、彼女は今のアパートに引っ越し、引き続き別人に成りすまして暮らしていた。ところが、安全な生活も長くは続かなかったという。教団に正体を知られたのか、最近は監視されているような気配がしていた。警戒していたところに小百合たちが現れ、てっきり教団の人間が探りを入れにきたのだと怖《おそ》れた彼女は、今夜の飛行機で海外に逃亡しようと試みた。そこを、あの男たちに狙われた。

「あなたのことは、何とお呼びすればいいですか？　あなたの本当の名前は？」

という小百合の質問に、

「山室麻衣です」

と、女は答えた。

その瞬間、小百合がブレーキを踏んだ。急に停車したせいで体ががくりと大きく揺れる。一体どうしたんだと目を丸くしていると、小百合は後部座席を振り返り、女をまじまじと見つめた。「山室麻衣？　本当に？」

荒川アンナ改め山室麻衣は真剣に頷いている。嘘《うそ》を吐いている顔ではない。小百合は視線をフロントガラスに戻し、「そういうことだったのね」と呟いた。何がそういうことなのか、ローサにはさっぱりわからない。

「これから、どうしたらいいんでしょうか」と、山室は弱々しく言った。「あの人たちに襲われたときに、バッグを落としてしまいました。パスポートもチケットも、あの中です」

「大丈夫」小百合は励ますような声色で告げた。「私の知り合いに頼んでみます。彼なら外務省と国交省にツテがあるかもしれないので」

車が到着したのは新宿のビジネスホテルだった。その一室に山室を匿《かくま》い、小百合とローサはホテルの廊下で言葉を交わした。

「あなたのお姉さんは今、山室麻衣として生きてる。ちゃんと幸せに暮らしてる」

という小百合の一言に、ローサは驚いた。「何で知ってんの」

「知り合いに頼まれて、山室麻衣の素行調査をしていたから。……初めてあなたに会ったとき、どこかで見たことがあるような気がしたのよ。もっと早く気付くべきだったわ。お姉さんと目元がよく似てる」

たまたま小百合が仕事で調べていた相手が、ローサの姉だったということか。偶然に驚くと同時に、不安が過る。素行調査——嫌な響きだった。

「知り合いって、誰？　誰が姉貴を調べてんの？」

まさか、また週刊誌が嗅ぎつけたのだろうか。いくらローサに詰め寄られても、小百合は口を割らなかった。「それは言えない」と一蹴する。

「だけど、悪い相手じゃないわ」

小百合はそう付け加え、ローサの肩を叩いた。

「あなたはここで部屋を見張ってて」

「小百合ちゃんは？」

「私は依頼人に報告をしないと」

小百合が背を向けた。

「報告って、姉貴についての？」

「山室麻衣についての」

待って、とローサは呼び止めた。それはつまり、荒川アンナが山室麻衣の戸籍を買った事実を知られる、ということだ。それだけは、避けたかった。

「姉貴のこと、黙っててよ。お願い」

小百合の背中に向かって訴えた。もしも、山室麻衣の正体が荒川アンナだと暴かれたら、姉は今の生活を奪われる。せっかく別人の人生を手に入れたというのに、また週刊誌に追い回される羽目になるかもしれない。

「姉貴には、このまま別人として生きててほしいんだ」

前科者の自分と関係のない、まったくの別人として。

頼むよ、とローサは頭を下げた。

「それは依頼人次第ね」小百合は振り返らなかった。「私が決めることじゃない」

龍山亭のカウンター席で報告を済ませると、千尋は結論を反芻《はんすう》した。「つまり、山室麻衣の正体は荒川アンナという女性で、帝国教会の元信者である女性の戸籍を買ったと？」

「そういうこと」と頷きながら、小百合はラーメンのスープを掬う。

「ご苦労様。この短期間でよく調べ上げたね」

「偶然の産物よ」

山室麻衣の妹が荒川ローサでなければ、真相に辿り着くまでにかなりの時間を要したかもしれない。ふとローサの顔が頭に浮かび、小百合は「お願いがあるの」と箸を置いた。

麺を啜っていた千尋が横目でこちらを見た。「なに？」

「山室麻衣が戸籍を買った別人だということは、川島電器の御曹司には黙っていてほしい」

「婚約者が身元を偽ってるのに、知らない振りしろって？」

「素行には問題なかったわ」

浮気はしていないしギャンブルにも手を出していない。借金もない。規則正しく職場に通い、真面目に働いている。日々の素行に問題はない。依頼人が知りたがっているのは、山室麻衣の過去ではなく、現在の姿だ。——というのは、苦しい言い訳だろうか。

「荒川アンナが山室麻衣でいる以上、教団に狙われる可能性もあるのでは?」

尤《もっと》もな指摘だった。元信者の名を騙る以上、婚約者である川島に危害が及ぶ可能性を懸念するのは当然だ。

小百合は首を振った。「連中は山室麻衣本人を狙ってきた。すでに戸籍を売ったことを知ってるのよ。荒川アンナは無関係だと判断した証拠じゃない?」

でなければ、とっくに荒川アンナ本人が被害に遭っているはずだ。

「荒川アンナの新しい生活を壊されたくないそうなの、私の依頼人は」

「キミがそんなに情に厚いとは知らなかったな」

千尋はすべてを見透かしているような瞳を細めてから、

「わかったよ。言う通りにしよう」

と、承諾した。しかし、簡単に言うことを聞いてくれる相手ではないことはわかっている。彼は「ただし、条件がある」と付け加えた。

「そう言うと思ったわ」小百合は肩を竦めた。「条件って?」

鋭い三白眼を光らせ、千尋が答えた。「本物の山室麻衣に話を聞きたいんだ。居場所を教えてほしい」

山室麻衣の隠れ家は新宿のビジネスホテルだった。八木を連れて建物に入り、その中の一室をノックする。ドアが開き、女が顔を出した。ベリーショートの金髪頭。彼女が荒川ローサか。「あんたがマツダ？」と、眉間に皺を寄せて尋ねた。

「そうだよ」

「小百合ちゃんから話は聞いてる。後は頼んだ」

立ち去ろうとするローサに、千尋は「ねえ」と声をかけた。金髪頭がぴたりと足を止め、振り返る。

「キミのお姉さん、幸せそうだよ。今度結婚するらしい」

千尋の言葉に、ローサは目を見開いていた。数拍置いてから、ほっとしたような表情を見せた。「邪魔はしないから安心して」と千尋が告げると、彼女はまるで獣のように牙を剝《む》いた。現役時代でも見せたことがないような厳つい表情で睨み、

「邪魔したらブッ殺す」

と、千尋に向かって中指を立てた。しかも両手で。長い廊下をスキップしながら歩き、エレベーターに乗り込む背中を見送ったところで、千尋は笑いを堪《こら》えながら独りごちる。「……あの小百合さんが手を焼くのもわかるな」

部屋の外で八木を待たせ、千尋は客室に入った。山室麻衣はベッドの上に腰かけている。

「山室麻衣さん、ですね？」

声をかけ、千尋は備え付けの椅子に座った。向かい合い、千尋の顔を見るや否や山室ははっとした。「あなた、もしかして、国会議員の——」

「安心して、キミを海外に逃がしてあげる」

という千尋の言葉に、山室は口を噤んで頷いた。

「その代わり、キミのことを詳しく話してほしい」千尋は懐から紙を取り出した。藪が書いた例の記事を印刷したものだ。「この記事で取材されてるM・Yという女性、キミのことだよね？」

「そうです」

記事には山室の生い立ちも綴《つづ》られている。彼女が教団施設に入ったのは小学生の頃で、当時はまだ連中がどんな危険な集団なのか知らなかったという。幼い彼女の目から見た教団は、ただ単に田舎で自給自足の集団生活をするだけのヒッピーコミューンのようなものだったらしい。

十五年前に教団が起こしたテロ事件をきっかけに警察の特殊部隊が突入し、激しい銃撃戦の末に大勢の信者が死亡した。そのときのショックで山室は教団に関する記憶のほとんどをなくしてしまったようだ。断片的に覚えているのは、火薬の臭い、武器を持った男たち、人々の悲鳴、飛び散る真っ赤な血、転がる死体——そんなところだという。

「目が覚めたときには、病院にいました。一体何が起こったのか、まったく覚えてなくて……公安の人に後から聞かされたんです。私が一緒に暮らしていた人たちは帝国教会の信者で、テロリストだったって」

警察は彼女を保護し、世間のバッシングから守るために「山室麻衣」という新しい身元を与えた。そうか、と千尋は納得した。道理で山室麻衣を調べても何も出てこないはずだ。すべては公安によって作られたクリーンな経歴だった。

「だったら、藪はどうやってキミのことを知ったの？」

「公安の知り合いから聞いた、って言ってました。元信者が名前を変えて暮らしてるって。それで、取材を受けてほしいって頼まれて」

絶対に名前も顔も出さない約束で、彼女は取材を受けることにしたという。藪のしつこさに折れたのか、取材の謝礼に目が眩《くら》んだのか。そして、その頃から脅迫は始まった。

「怪文書が届くようになりました。『教団のことを話すな』『取材を受けるな』『すべて忘れろ』って。怖くなって、藪さんに記事にしないでくれと頼んだんですが、彼は聞いてくれなくて……」

「それで、誠仁会から戸籍を買ったの？」

「そうです。藪さんに『俺の知り合いに頼んで、新しい身分を用意してやるから、記事にさせてくれ』と頼まれて……言う通りにしたんです」

その戸籍が荒川アンナのものだった。同時期にアンナも藪から同じような話を持ち掛けられたのかもしれない。結果として二人は互いの戸籍を交換する形になった。

教団の内部事情を暴露されて困るのは、どう考えても教団の他にはない。脅迫は帝国教会の仕業だと考えるのが妥当だが、連中は十五年前のＳＡＴの突入作戦で壊滅している。だとしたら、残党の仕業か。セクトが動きを強めているのだろうか。

元信者の女は脅迫を受け、彼女の記事を書いた記者は死亡している。どこまでもきな臭い事件だな、と千尋は思った。仮に藪の事故が故意に引き起こされたものだとしたら？　藪は、帝国教会を調べていたせいで殺された？　彼が教団に関する何らかの極秘情報を入手し、それを疎ましく思った教団が手を下した？　そう考えられないこともない。まだ想像の域ではあるが。黒幕が誰にせよ、山室麻衣の身に危険が迫っていることは確かだ。

「パスポートとチケットはこっちで手配しとくよ。今夜は護衛を付けるから、安心して休んで」

山室は目に涙を浮かべ、「ありがとうございます」と頭を下げた。


探偵事務所の住所は名刺に明記されていた。新宿にある四階建ての建物。賃貸マンションのようだが、集合ポストを見る限りほとんど事務所や店舗が占めている。401号室のポストに「槙小百合探偵社」の文字があった。デザイナーズマンションらしく、外観も内装もコンクリートの打ちっぱなしで洗練された雰囲気がある。ローサは事務所のドアに背中を預けて座り込み、部屋の主が来るのを待った。

午後になり、ヒールの音が聞こえてきた。ローサを見つけても小百合は驚いた様子もなく、無表情のまま「何か御用？」と尋ねた。

「礼が言いたくて」

「何のことかしら」

「あのマツダって奴が言ってた。姉貴のこと、邪魔しないって。小百合ちゃんが頼んでくれたんだろ？」

「あの人が判断したことよ。お礼なら彼に言って」

素っ気ない言葉を返され、ローサは歯を見せて笑った。「あんたのこと、結構好きだわ」

聞き流し、小百合は尋ねた。「それで、お姉さんには会いに行ったの？」

「いや、行ってない。もう別人だから」

結局、荒川アンナに会うのはやめた。幸せに暮らしている、もうすぐ結婚する、その情報だけで十分だ。彼女はすでに山室麻衣として新たな人生を歩んでいる。自分が会いに行ってもただ迷惑なだけだろう。このまま、そっとしておきたかった。

小百合はドアの鍵を開け、事務所の中に入った。ローサもその後に続いた。「なんで入ってくるの」と眉根を寄せる小百合を無視し、ローサはL字形のソファに腰を下ろした。コンクリートの壁に囲まれた部屋を見渡す。十五畳はある広さだ。黒とグレーで統一された部屋の奥にはデスクとパソコンが見える。座り心地のいい黒革のソファで寛いでいると、「用がないなら帰ってちょうだい」とお叱りの声が飛んできた。

「今回の調査費用、働いて返すからさ。ここで雇ってよ、社長さん」

ローサは提案した。カウンターキッチンで一人分のコーヒーを淹れながら、小百合が「嫌」と一蹴する。

「なんで」

「私は一人が好きなの」

「雇ってくれるまで、ここを動かないから」

鼻を鳴らし、ローサはテーブルの上のリモコンを手に取った。テレビの電源を入れると、報道番組が映った。

「勝手なことしないで」

小百合がリモコンを取り上げた。テレビのテロップには『成田《なりた》空港《くうこう》に身元不明の遺体』の文字。女性のアナウンサーが原稿を読んでいる。『今朝、成田空港のトイレで女性が死んでいるとの通報があり――』

不意に小百合の動きが固まった。無言のまま、じっとテレビを見つめている。

「どうしたの」

顔を覗き込むと、

「いえ」首を振り、小百合は自分に言い聞かせるような口調で呟いた。「……まさかね」

＃2　不倫の真相

赤ワインの入ったグラスを掲げ、乾杯する。一口飲んでから、蒲生望《がもうのぞむ》は目の前の女に視線を向けた。その女は窓の外を眺め、一瞬だけ高揚した表情を見せた。四十階建ての高級ホテル・グランドロイヤル東京——その最上階にあるバーレストランから望める夜景は、彼女も気に入ってくれたようだ。

控えめな間接照明に照らされた落ち着いた雰囲気の店だった。近くのテーブルにはホテルの宿泊客らしきビジネスマンや記念日を祝う夫婦の姿が見受けられる。建物のすぐ近くには結婚式場があるため、引き出物を提げた正装姿の団体客もいた。有名人御用達のホテルとあって客層は良さそうだ。

カウンター席で独りカクテルを呷っている若い男の客には見覚えがあった。あれは確か、進民党の保坂祐介衆議院議員だ。このホテルの宴会場では頻繁に政治資金パーティが開かれているらしく、国会議員の姿を見かけることも珍しくはないのだが、それにしても高級ホテルのバーラウンジで独り酒とは。いつも立ち飲み屋で安酒を呷っている薄給の公務員の立場からしてみれば、羨みたくもなる。

保坂議員と言えば――蒲生は思い返した。彼の父親で前防衛大臣でもあった保坂邦彦が他界したのはつい最近のことである。脳梗塞だと報じられていた。政治家としては黒い噂の絶えない人物だったが、父親としては好かれていたらしい。号泣しながら父との思い出を語る保坂の姿がテレビで流れ、世間の同情を買っていた。父を喪《うしな》った悲しみから今も立ち直れないのか、カウンター席に座る保坂の背中は心なしか寂しげに見えた。

「どうかしました？」

不安げな顔で女が尋ねた。無意識のうちに周囲を観察してしまっていたことに気付く。職業病だろうか。蒲生が「いえ、なにも」と笑顔を作ると、女の顔にも笑みが戻った。運ばれてきた鴨《かも》のマリネに舌鼓を打ちながら、

「宇野《うの》さんのスーツ姿、初めて見ました」

と、はにかむような表情で言う。蒲生は苦笑した。

「たまにしか着ないので、ネクタイの結び方を忘れそうになります」

こういう場に赴くことはもちろん、仕事でスーツを着る機会も滅多にない。普段は

地味な私服か、作業着だ。「似合いますね」と女が微笑む。

「あなたの方こそ、素敵ですよ。そのワンピース」

彼女は「さすがにこんなお店、いつもの格好で来るわけには」と恥ずかしそうに答えた。胸元にレースがあしらわれたフォーマルな黒のワンピース。普段はゆったりとした服を着ることの多い彼女にしては珍しくタイトなデザインだ。耳にはゴールドのイヤリング、首元には同じ色のネックレスとアクセサリーで飾っているが、指輪はしていない。どちらの手にも、どの指にも。

「いつもカフェやファミレスばかりで申し訳ないので、たまには美味しいものを食べてもらいたいと思いまして」

「嬉しいです。このお店、一度来てみたかったので」

「それはよかった」

オマール海老《えび》の白ワイン蒸しが運ばれてきた。女が美味しいと喜んでいる。しばらく世間話をしていると、彼女は不意にフォークを握る手を止めた。

「……あの、この後の予定は？」

尋ね、女は上目遣いで蒲生を見た。

「部屋を取ってあります」

蒲生は低い声で答えた。スーツの懐からシルバーのカードキーを取り出し、そっとテーブルに置く。このホテルの客室の鍵だ。それを見て、女は表情を曇らせながらも頷いた。今日、会ったときからずっと彼女は浮かない顔をしていたが、その理由がようやくわかった。

「もしかしたら、気付かれたかもしれないんです。私たちのこと」彼女は声を潜めて告白した。「夫に」

カルト教団・帝国教会――久留須聖圓《くるすせいえん》（本名・鈴木勲《すずきいさお》）を教祖とする新興宗教団体である。彼らは元々、地方の山奥で自給自足の生活を送る自然保護サークルだったが、久留須がリーダーに就任してからは宗教法人に転身。金儲けのために大麻の栽培や銃器の密造を始めたことがきっかけで狂暴化する。幹部の拠点は山梨《やまなし》の教団施設であり、そこではおよそ四十人が共同生活を送っていたらしいが、そのうち半数の信者が行方不明となっている。どうやら施設内の信者は洗脳され、脱会しようとした者には粛清として暴行や拷問が行われていたようだ。上位の信者には厳しい共同生活と教団に対する忠誠心を強いる一方、インターネット上で簡単に入信できるシステムも運用しており、全国各地にライト層の信者を多く抱えていた。その数は数千人に上るというが、捜査当局も全貌が摑めていなかった。

帝国教会といえば、連中の悪名を世間に知らしめた有名な騒ぎが二つある。

一つは、十五年前の炭疽菌《たんそきん》テロ事件。神奈川《かながわ》県の国道沿いで車が爆発し、積載していた炭疽菌が拡散され、多数の死者・重症者を出した。この事件がきっかけで山梨にある教団施設にSATが突入し、激しい銃撃戦の末に制圧。施設からは銃器の他に、爆発物の設計図、テロに使われたと見られる炭疽菌が押収されている。数人の幹部が逮捕され、信者の大多数の安否は不明。教祖の久留須は逃亡し、今も指名手配中。教団は事実上壊滅したが、十五年の時を経た今でもいくつかのセクトが残っている。

もう一つは、十年前の大学教授リンチ殺人事件。政治学者であり、コメンテーターとしても活動していた有名私大の教授・佐藤卓司《さとうたくじ》が、炭疽菌テロ事件を取り上げたテレビ番組に出演した際に、帝国教会に対して批判的な発言をした。その数日後、佐藤は暴行を受けて死亡した。犯人は三人組の男で、犯行が行われたタイミングから帝国教会の残党の仕業だと考えられている。目撃者の証言をもとに似顔絵が作成され、全国に指名手配されたが、未《いま》だ逮捕には至っていない。未解決事件となっている。

教団の元信者であるM・Yさんの話によると――。

「……どうにも謎が多い集団だねえ」

松田千尋はため息を吐いた。後援会会長との会食を終え、私設秘書の運転する私用車に乗り込んだのは夜の十一時過ぎ。後部座席でタブレット端末を弄り、藪智弘が執筆した原稿のデータを読み返していた。

ハンドルを握る八木隼人がミラー越しにこちらを見遣《みや》る。「帝国教会ですか？」

「うん」

「どんなことを書いてたんです、藪は」

「ネットに書いてあるようなことだよ、おおよそは」書きかけの記事を眺めながら千尋は答えた。「教団の成り立ちとか、起こした事件の概要とか。山室麻衣へのインタビューについては、教団創設前のヒッピー生活が主だね。施設内に菜園があって野菜を作っていたとか、川で魚を釣っていたとか。牧歌的な暮らしだったみたい。山室麻衣は教団に関する記憶のほとんどを失っているから、たいしたことは訊き出せなかったんだろうな。それでやけくそになったのか、『警察はなぜか帝国教会絡みの事件について本腰を入れて捜査をしない。分派は未だ残っているにも拘わらず、公安警察の担当部署の人員は削減される一方である』なんて陰謀論めいた書き方をしてる」

「人員削減は当然でしょう。昭和から平成にかけて世間を騒がせた過激派だって、高齢化による活動家の減少で衰退し、捜査に当たっていた公安一課も暇になってきたと聞きますし」

「ボクもそう思う。現に十年前の大学教授殺し以降、帝国教会絡みの事件は起こってない。すっかり大人しくなったカルトの残党に貴重な人員を割くくらいなら、新設された外事課に回して工作員を見張らせた方が、今の日本のためにはなる」

藪が取材していた内容に目新しい点は見られなかった。これだけでは、口を封じられるほどの重要な情報を摑んでいたとは考えられない。

「いずれにせよ、公安の協力者が必要だね」

内部事情を知る者から直接話を聞けば何かわかるかもしれない。できれば現場の捜査員で、帝国教会やその分派を担当している人物が適任だ。

「八木」呼びかけ、千尋は命じた。「あとで警備局長の会田《あいだ》警視監に連絡して、公安部の人事記録を送るように頼んでくれる？」

「それはもちろん構いませんが、そう簡単に身内の個人情報を教えてくれるものでしょうか。普通の部署ならともかく、公安部となると口が重くなるのでは？」

千尋は鼻で嗤《わら》った。「心配ないよ。次の人事でうちの親父が国家公安委員会に口添えしとく、とか適当なこと言っとけば、喜んで教えてくれるから」

「なるほど」八木は冷めた顔で頷く。「警察官僚も政治家と変わりませんね」

現場の捜査員は身を粉にして犯罪と戦っているが、彼らの上に立つ官僚は出世レースのことしか頭にない。自らのキャリアのためならば多少のルール違反は致し方ないという連中は少なくなかった。「仰る通り」と千尋は嗤った。政治の上手《うま》い人間だけが上へと登っていける世界だ。

不意に携帯端末が振動した。脱いだ上着のポケットから取り出してみれば、メッセージが一件届いていた。送り主は同期の国会議員。『大事な話がある。今からグランドロイヤル東京のバーに来てくれ』とあった。

「グランドロイヤルに向かって」

声をかけると、八木はすぐに車のハンドルを切った。目的地へと向かいながら「どうされました？」と千尋の顔色を窺う。

「保坂に呼び出された。今からホテルのバーに来いってさ」

八木は露骨に嫌そうな顔をした。「いいご身分ですね、人に命令するなんて。ただ親が偉いだけの若造のくせに」

「もしかしてボクに嫌み言ってる？」

「一体何の用なんです、保坂先生は。香典の金額が不満だとは言わせませんよ」

先週、保坂の父である前防衛大臣が急逝した。都内の公営斎場で執り行われた葬儀には千尋も足を運んだが、参列者の数とその豪華な顔触れには圧倒されたものだ。ありとあらゆる業界に亘《わた》る故人の交友関係の広さを改めて思い知らされた。

「わかんない。大事な話があるとしか」

「今日はもう遅いですし、明日にしてもらえませんか」

「まあまあ、残業代はちゃんと払うからさ」

「そうではなく」と、八木は否定する。「千尋さんの安全を考えてのことです」

「わかってる。でも――」メッセージの文面を睨みつけ、千尋は眉を顰めた。こんな形でいきなり保坂に呼び出されるのは、初めてのことだった。「なんか引っ掛かるんだよねえ」

「捜してほしい男がいる」と、その女性は言った。私立探偵にとっては珍しくない客だが、この手の依頼には注意が必要である。依頼人が実はストーカーやDVの加害者で、行方を晦《くら》ました相手を捜し出すために探偵を雇おうとするケースを警戒しなければならない。

この日——といっても、あと三十分ほどで日付が変わるが——槙小百合探偵社を訪れた依頼人は、三十代後半くらいの女性だった。これ見よがしにハイブランドのバッグを肩に下げた彼女の口から飛び出したのは、とあるホストクラブの従業員に対する恨みつらみだった。コーナーソファに座って話を聞いたところ、彼女は歌舞伎町の有名店に通っていて、そこに勤めているホストのエース客だったが、先日その男が行方不明になってしまったそうだ。ホストの無断欠勤と音信不通が始まったのは、「売掛《うりかけ》を飛ばれて困っている」と泣きつかれ、彼に五百万円を貸した翌日のことだった。店側に確認したところ、そのホストの客の中にツケを払わず消えた者はいないという。つまるところ、男が嘘を吐いて女性から金を巻き上げたのだ。女性は「あの男、見つけたらぶっ殺してやる」という過激な発言で話を締めた。その表情を見ても、尋常じゃないほどの憤りが伝わってくる。気持ちはわからなくもないが。

完全に詐欺事件であるにも拘わらず、彼女は警察に届け出ていないという。それがまだ男に対して愛情が残っているからなのか、それとも宣言通り自ら手を下す気でいるからなのか、判断がつかなかった。痴情の縺《もつ》れだけでも殺人事件に発展しやすいというのに、そこへさらに金銭トラブルが加わってしまえば、どうなることか。

「大変申し訳ないのですが、そのご依頼はお引き受けできません。犯罪の幇助《ほうじょ》になりますので」

小百合が丁重に断ると、

「やだ、殺すっていうのは言葉の綾《あや》よ」と、女性は弁明した。「本当に殺すわけないじゃない。殺したいくらい憎んでるってことよ。あなただっているでしょう、そういう相手」

「いるいる。二人いる」

答えたのは小百合ではなかった。ベリーショートの金髪頭の女が会話に割り込んできた。荒川ローサだ。先日姉捜しの依頼を引き受けてからというもの、彼女はこの事務所に入り浸っていた。ローサは普段カウチソファの上に寝転がってだらだらと過ごしているのだが、今は来客に場所を譲り、代わりに小百合のデスクチェアに座ってくるくると回転している。

「そのうち一人は殺した」回転をぴたりと止め、ローサは真顔で言った。「マジで殺《や》る気なら、捕まらないようにしなよ。ムショの飯ってクソ不味《まず》いから」

依頼人が顔色を変えた。引いている。すっかり気が失せてしまったようで、「もう結構です」と腰を上げた。小百合は「詐欺事件なので警察に相談することをお勧めします」と声をかけたが、返事はなかった。

女性が退室し、事務所のドアが音を立てて閉まる。小百合はため息を吐き、ローサを睨みつけた。「営業妨害はやめてくれる？」

「断る手間が省けたっしょ」ローサは椅子から立ち上がり、にやつきながらソファに座った。「どういたしまして」

確かに小百合は断る気でいた。客を選り好《えごの》みするつもりはないが、少しでも面倒になりそうな案件は避けた方が賢明だ。この事務所には松田千尋衆議院議員という太い顧客がいるため、食い扶持《くぶち》には困っていない。もし依頼を引き受けて男の行方を捜し出し、結果刃傷沙汰《にんじょうざた》にでもなれば寝覚めが悪いだけでは済まない。

ローサは来客が手をつけなかった茶請けの袋を勝手に開け、大きな口の中に放り込んだ。「これ、クソ美味いね」

「知り合いに博多《はかた》土産で頂いたの」

地元の有名な銘菓である。先月、千尋が福岡県知事選挙の応援演説に駆り出された折に買ってきたものだ。幸せそうに菓子を頬張るローサの表情はまるで無垢な子供みたいで、とても人一人殺しているようには見えない。

小百合は彼女の言葉を反芻した。殺したいほど憎んでいる二人——一人はすぐに思い当たった。スポンサーを通じて接触し、ローサを襲った格闘家時代のファン。彼女の人生を狂わせた男だ。

ねえ、と声をかけて尋ねる。

「殺したいくらい憎んでいるもう一人って、誰のこと?」

ローサは笑みを浮かべて答えた。「昔、あたしを襲った男」

彼女は中学生の頃に性犯罪に遭ったと聞いている。大人になった今でもなお、事件は彼女の心に根深い傷を残しているようだ。

「今、そいつがどこで何をしてるか知らないけど」先刻の女性は殺意を否定していたが、こちらは違う。菓子を呑み込んでから、ローサは真剣な顔で告げた。「今度あたしの前に現れやがったら、ブッ殺してやるね」

どうやら、この国の矯正施設はまったく機能していないらしい。


グランドロイヤル東京の最上階にあるバーに、保坂はいた。カウンターの端の席に座っている。店を見渡したが保坂以外の客はいなかった。初老のバーテンダーがシェイカーを振っているだけで、他の店員の姿もない。営業時間をとっくに過ぎているにも拘わらず居座り続けることができるのは、保坂の父親がこの店の常連だったおかげだろう。

千尋はひとつ空けたスツールに腰を下ろした。注文を訊こうとしたバーテンダーを掌で止めると、彼は「ごゆっくりどうぞ」と席を外した。

誰もいなくなったところで、「話って何？」と本題に入る。

保坂の様子はおかしかった。いつもきっちりと整えている髪の毛は乱れ、スーツも着崩している。まるでリストラされて自棄酒《やけざけ》を浴びるサラリーマンのような雰囲気を醸し出していて、上流階級の家庭で育ったお坊ちゃん議員という普段の姿からは程遠い。

何杯目かわからないカクテルを飲み干してから、

「……俺、殺されるかもしれない」

と、保坂は呟くように言った。

「穏やかじゃないね」千尋は苦笑した。「何があったの」

「嵌《は》められたんだ、俺は……俺は悪くない、何も知らなかったんだ……」

保坂は徐《おもむろ》に語り始めた。ひどく酔っていて話は支離滅裂だったが、大筋は理解できた。事の発端は先日開かれた政治資金パーティ――千尋も参加した、あの夜のことだという。保坂が挨拶回りをしている最中、声をかけてきた者がいた。貿易会社の社長を名乗る男で、彼は保坂に献金を申し出た。

すぐには金を受け取らないのがこの職業の鉄則だ。当然、保坂は第一秘書に男とその会社を調べさせた。身辺調査の結果、特に問題は見当たらず、男も会社も健全であると判断した。安心した保坂は後日改めて会食の場を設け、男から多額の現金を受け取った。ここまでは永田町界隈でよくある話だ。

ところがその後、途端に雲行きが怪しくなった。今度はフリーのジャーナリストを名乗る中年の男が、父親の葬儀の参列者を装い保坂に接触してきた。男は、保坂が献金を受け取った社長の正体は外国人であると主張し、その証拠を突き付けてきた。金の受け渡しの瞬間もしっかりと写真におさめていたという。保坂の事務所が大慌てで再調査したところ、件《くだん》の貿易会社はペーパーカンパニーで、確かに社長は日本国籍を持っていなかった。

これは政治資金規正法違反に当たる。知らぬ存ぜぬでは済まないことだ。ジャーナリストは公にされたくなければ口止め料を払うよう暗に脅してきた。保坂が支払いを渋っていると、相手は強硬手段に出た。進民党本部から国会議事堂までの歩道を歩いていた保坂に、フルスモークの黒いバンが突っ込んできたのだ。保坂は危うく撥ねられるところだった。車はそのまま何事もなかったかのように走り去った。ナンバープレートは外されていた。金を払わなければ命を狙う、というメッセージ。この荒っぽい手口は紛れもなく暴力団の仕業で、実はジャーナリストもグルだということは馬鹿な保坂でもさすがに察していた。

ちなみに、そのジャーナリストの男は保坂の選挙区の有権者らしい。口止め料を払えば、今度は公職選挙法に抵触する。完全に詰んでいる状況だ。笑える。

「こういうことは、いつも親父が何とかしてくれてたけど……」

これまでは父親に泣きつけば万事解決していたが、頼みの綱である保坂邦彦はもうこの世にいない。大きな後ろ盾を失った今では、どんな小さなスキャンダルでも命取りである。困り果てた保坂は、同じく父親という後ろ盾のある千尋の力を借りようと思いついたようで、項垂《うなだ》れながら「助けてくれ」と涙目で訴えた。正直、どうでもいいことだった。この男の政治生命が終わったところで、千尋にとっては痛くも痒《かゆ》くもない。むしろ終わってくれた方がライバルが減って助かる。損得勘定ではこのまま見捨てた方が良さそうだが、何となくこの一件に興味が湧いた。何にでも首を突っ込みたがる自分の悪癖は自覚している。「わかった、詳しく調べてみるよ」と頷くと、保坂の顔が明るくなった。

「ボクの名前で部屋を取るから、しばらくはこのホテルに泊まって。鍵は後で届けさせる」

最優先すべきは安全の確保だ。どうせ保坂の住所は割れているだろうし、職場の次は自宅で待ち伏せされている恐れもある。しばらくは高級ホテルでの生活を堪能《たんのう》してもらうことにした。保坂は素直に従った。

千尋は彼を残してバーを後にした。漆黒の大理石に囲まれたエレベーターに乗り込み、一階のボタンを押す。扉が閉まったところで、千尋は携帯端末を取り出した。アプリケーションの通話機能を起動したまま上着のポケットに入れておいたので、先刻の会話は筒抜けである。「八木、今の聞いてた？」

『はい』秘書がすぐに返事した。

「フロントに行って、部屋を取ってくれる？　ボクの名義で」

『もう手配してあります』車で待たせていたが、すでに動いてくれていたようだ。電話の向こうでフロント係とのやり取りが聞こえる。『今、カードキーを受け取りました。部屋は３１０１号室です。そちらにお持ちしましょうか？』

「いや、待って。保坂に鍵を渡す前に、やってほしいことがある」

一階に到着した。エレベーターの扉が開く。目の前に立っている八木に、千尋は命じた。「部屋にカメラ仕掛けといて」

「いいじゃん、ここで雇ってよ」

「嫌」何度目かわからないやり取りにうんざりしながら、小百合は一蹴した。「私は一人が好きなの」

どうやら気に入られてしまったらしく、ローサはこの事務所で働こうと躍起になっている。何度断っても諦める気配はないし、ここを出ていく様子もない。情けをかけたのが間違いだったな、と小百合は少し後悔した。無一文で行き場のない彼女が事務所のドアの前に座り込んでいたあの日、心を鬼にして叩き出すべきだった。野良犬に住み着かれた責任は自分にある。

「あたし、役に立つと思うよ。喧嘩強いから」

「ここはボクシングジムじゃないの」

かといって、この野良犬を街に放つわけにもいかなかった。またどこかで警察沙汰を起こされては困るし、そうなったときに呼び出されるのは自分なのだ。雇いはしないが、寝床を提供するくらいの譲歩は致し方なかった。我が物顔でソファに寝そべるローサを無視し、小百合は仕事に取り掛かった。椅子に座り、デスクトップのパソコンの電源を入れたところで、仕事用の携帯端末が鳴った。

「はい、槙小百合探偵社です」

電話の相手は男だった。ご相談したいことがありまして、と声を潜めて告げる。

『明日、直接お会いできますか？　詳しいお話は、そのときに』

声色には落ち着きがあるが、まだ若々しさも残っている。年齢は三十代前半から半ばくらいか。丁寧な話し方と柔らかい物腰。電話慣れしている雰囲気で、まるで会社の営業先に掛けているかのような口調だった。

「構いませんよ。何時頃がよろしいですか？」

『仕事が終わるのが八時半なので、それ以降でしたら』

小百合は壁の時計を一瞥した。時刻は夜の十二時。依頼人はとっくに退勤し、この電話は自宅から掛けていると考えられる。電話口で依頼内容について話そうとしないのは、会話を聞かれたくない人物がすぐ近くにいるからだろう。たとえば、同棲《どうせい》している恋人とか、配偶者とか。依頼内容は十中八九、パートナーの浮気調査だろうなと小百合は見当をつけた。そもそも、私立探偵の仕事の大半は浮気調査である。

「お勤め先はどちらでしょうか？」

『品川《しながわ》です』

待ち合わせ場所に駅近くのカフェを指定し、「では、明日の夜九時に」と小百合は電話を切った。

ローサが起き上がり、目を輝かせて小百合を見た。「仕事？」

「ええ」

「手伝おっか？」

「結構」

軽くあしらったところで、今度は私用の端末に着信が入った。千尋からだ。『もしもし、小百合さん？』

「どうしたの、こんな時間に」

『仕事を頼みたいんだ。明日の夜九時、グランドロイヤル東京の3101号室に来てくれない？』

明日の夜九時――先刻の依頼と被《かぶ》っている。小百合は眉を顰めた。国会議員の頼みでも優先させるわけにはいかない。「ごめんなさい、明日のその時間は依頼人との約束があるの」

『じゃあ、あの子貸してよ』

「あの子？」

『荒川ローサ』

千尋は予想もしないことを言い出した。ソファの上で胡坐《あぐら》をかいている金髪頭に視線を向け、小百合は声を潜めた。「……正気なの？」

『この仕事、少々荒っぽいことになりそうだし、キミより適任かも』

「彼女はうちの調査員じゃないわ」

『今回だけ特別ってことで』

よろしく、と言って千尋は電話を切った。冗談じゃない。躾《しつけ》のなっていない野良犬を警察犬として送り出すようなものだ。誰彼構わず嚙みつくに決まっている。嫌な予感しかしなかった。小百合がため息を吐くと、ローサがこちらを見た。「仕事？」

「ええ」

「手伝おっか？」

「明日の夜九時、グランドロイヤル東京の３１０１号室に行って」

想定外の返事にローサは目を丸くしている。「え、マジで？　いいの？」

「知り合いの議員からのご指名よ。失礼のないように」

「ギインってなに？」

頭を抱えたい気分だ。「粗相したら許さないから」と強めに釘《くぎ》を刺したが、当の本人は浮かれきっている。余程仕事にありつけたことが嬉しいのだろう。さらに調子に乗り、「この仕事ちゃんとやれたら、正式に雇ってよ」と要求してきた。

「考えておくわ」と小百合は返した。そんな奇跡が起これば、の話だが。

薄いグレーの作業着に着替え、帽子を被り、蒲生は車に乗り込んだ。この白いワゴン車は会社のものだ。車の側面には『秋吉運輸《あきよしうんゆ》㈱』の文字。しばらく車を走らせ、新宿のとあるマンションに到着した。車から段ボール箱を取り出し、マンションのエントランスに向かう。部屋番号を押して「宅配便です」と名乗ると、すぐにオートロックのドアが解錠された。四階でエレベーターを降り、角部屋に向かう。周囲に人がいないことを確認してから中に入った。1LDKの殺風景な部屋だ。リビングでカップ麺を啜っていたスウェット姿の中年男が、蒲生の顔を見て「おう、宇野。お疲れ」と片手を上げた。この男はチームのリーダーだ。加藤《かとう》と呼んでいるが、蒲生と同じく本名ではない。

「交代しますよ、加藤さん」

加藤は頷き、カップ麺の残りを胃の中に流し込んだ。クローゼットを開け、蒲生と同じ色の作業着を取り出す。

カーテンは閉め切られ、部屋の灯《あか》りは安物のダウンライト一つのみ。薄暗いリビングの中央には数台の監視カメラのモニターが設置されている。撮影対象はこの向かいに建っているアパートの、とある部屋。ドアやベランダ、駐車スペースなど、あらゆるアングルから秘撮し、人の出入りを見張っている。

「どうですか、木場《こば》の様子は」と、蒲生は尋ねた。

部屋の住人の名前は木場誠司《せいじ》。年齢は四十六歳。都内で小さなデザイン製作会社を経営している男だ。

「外出中だ」作業着に袖を通しながら加藤は答えた。「どうやらスーパーに買い出しに行ったらしい。今、安原《やすはら》と三浦《みうら》が追尾してる」

蒲生を含め、全員が警視庁公安部公安総務課に所属する捜査員である。

公安総務課——通称・公総《こうそう》は総合的な業務を行う部署だ。元々は国内の共産勢力をマークするために作られたセクションだったが、それに加えて日本の政治体制を脅かす反社会的な宗教団体、過激な環境保護活動を行う非政府組織《NGO》や非営利組織《NPO》、反グローバリズム活動なども視察対象としている。

加藤班が視《み》ている木場という男は、カルト教団・帝国教会の分派である『グロリア』という新興宗教に三年前から入信している。帝国教会は過去に過激な事件を起こした要警戒対象であり、その元信者やセクトは現在も公安総務課が捜査を担当していた。

「お前の方は？　面接はどうだった？」

木場の自宅や職場の視察、行動確認が主な加藤班の職務だが、蒲生の役目はそれだけではなかった。協力者や情報提供者の獲得作業も担当している。公安では、危険が多くリスクの高い潜入捜査は滅多に行わず、その代わりに対象の組織に所属する人物を籠絡するのが常套手段《じょうとうしゅだん》だ。

蒲生は「上々です」と返した。数枚の領収証を取り出し、加藤に手渡す。

「お前」金額を見て、上司は嫌そうな顔をした。「接触費用が七万円って、どういうことなの」

「飲食代と宿泊費です」

内訳を説明すると、加藤は肩を竦めた。「何も、グランドロイヤルに泊まらなくても。その辺のビジネスホテルでいいでしょうが」

「先行投資ですよ」

加藤は「経理に怒られるぞ」と苦笑してから、蒲生が持ち込んだ段ボール箱を抱えて部屋を出た。

グランドロイヤル東京には前に一度来たことがあった。あれは確か、試合の祝勝会だった。ジムの会長が宴会場を借り切って、選手やスタッフ、スポンサーを集めて大勢で飲み食いした。そのときは、金持ちが泊まってそうなホテルだな、と思っていたが、今でもその感想は変わらない。すれ違う宿泊客はどこかお高くとまっているように見えて、自分が酷く場違いに思えた。

約束の時刻は夜の九時だったが、三十分遅刻してしまった。ローサが最初に向かったのはホテルの本館ではなく別館だったのだ。そのことに気付かず約束の部屋番号の前でじっと待っていたところ、小百合から持たされた携帯端末に連絡があり、「グランドロイヤル東京の本館の方よ。別館と間違えてない？」と図星を突かれた。

過ちに気付いて本館へと走った。エレベーターを三十一階で降りると、３１０１号室の前に男が立っていた。黒いスーツ姿で、眼鏡を掛けた大柄な男だ。「大変お待ちしておりました」と冷ややかな声で嫌みを言われた。

男はノックしてドアを開けた。彼の後に続いてローサも客室に入り、中を見渡した。

水の音が聞こえる。誰かがシャワーを浴びているようだ。部屋の奥、窓際の椅子に脚を組んで座っている男には見覚えがあった。――マツダだ。「先日はどうも」とローサはぶっきらぼうに頭を下げた。

そのギインは松田千尋という名前で、ドアの前で待っていた大男は彼の秘書の八木というらしい。千尋はさっそく本題に入った。「キミに仕事を頼みたい。ボクの知り合いが今、反社会的組織に命を狙われてる。先日は車に轢《ひ》かれかけたらしい。また狙ってくるだろうから、キミに守ってほしいんだ」

「そいつのボディガードをしろってこと？　まあ、任せといてよ。あたし、喧嘩強いし」

そういうことなら自分向きの仕事だと思う。小百合に良いところを見せるチャンスだ。ローサが得意げに答えると、千尋は「頼もしいね」と唇を歪《ゆが》めた。

「で？　誰を守れって？」

ローサが尋ねた直後、バスルームの扉が開き、白いガウンを着た男が現れた。タオルで頭を拭いているその男を、千尋が「彼だよ」と指差す。

男が首にタオルを掛けた。その顔を見た途端、ローサは絶句した。目を大きく見開き、息を呑む。

この男には前に会ったことがある。ずいぶん昔に。間違いない。この憎たらしい顔を、忘れるはずがない。

「てめえ、ぶっ殺す！」

吠え、ローサは男の胸倉を摑んだ。

「妻が、浮気しているかもしれません」

小百合の予想は的中し、依頼の内容は配偶者の不倫調査だった。依頼人の名前は宮《みや》崎《ざき》遼《りよう》太《た》郎《ろう》、三十四歳。電話で話した通り会社帰りのようで、スーツ姿で現れた。駅の近くのカフェに入り、小百合は彼から詳しく話を訊き出した。

調査対象である妻の名は涼花《すずか》。三十二歳。都内の小さな会社で事務員をしているという。二人の間に子供はいない。新宿区の賃貸マンションに住んでいる。

「最近、妙にそわそわしてることが多くて」と、夫は妻について重苦しい口調で語った。彼の話によると、宮崎涼花の様子に違和感を覚え始めたのは三か月ほど前のことらしい。誰かからの連絡にこそこそと返信したり、たまに妙にめかし込んで出掛けたり。つい昨日も涼花は「実家に泊まる」と言って外泊したそうだが、普段は見ないような派手な着飾った格好をしていたそうだ。確かに夫が疑うだけの理由はあるな、と小百合は思った。探偵に依頼される浮気調査のうち、ほぼ九割がクロだと言われている。おそらく、この妻も何らかの秘密を隠しているに違いない。

自宅の住所と妻の勤務先、彼女の一日の行動スケジュールを訊き出し、顔写真を受け取った。地味で真面目そうな雰囲気の女性だが、だからといって浮気をしないとは限らない。

「奥さんがまた外出や外泊の予定を伝えてきたら、すぐに連絡してください。その日に狙いを定めて尾行します」

夫は「わかりました」と頷いた。

調査費用や成功報酬に関する一通りの説明を終え、契約書にサインをもらったところで宮崎と別れた。地下駐車場へ戻り、愛車に乗り込む。時刻を確認すると、夜の十時を過ぎていた。ローサはちゃんとやっているだろうかと、依頼人との面談中からずっと気になっていた。千尋に連絡し、派遣した闘犬の様子を尋ねる。「ローサはどう？　いい子にしてるかしら？」

『依頼人を殺そうとしてたよ』

ハンドルに肘をつき、小百合は頭を抱えた。何てことを、と深いため息を吐いてから、「すぐ行く」と電話を切り、ホテルへと車を飛ばす。

グランドロイヤル東京の豪勢なロビーで千尋は待っていた。開口一番「迷惑をかけてごめんなさい」と謝罪したが、千尋の機嫌は良さそうだった。

「いや、おかげで面白いものが見れた」

千尋の話によると、同期の衆議院議員である保坂祐介がヤクザ絡みの恐喝に悩まされていて、その護衛と調査をローサに任せようとしたところ、彼女は保坂の顔を見るや否や摑み掛かり、ぶっ殺すと叫びながら彼の左頰に一発食らわせたそうだ。「現役時代を彷彿《ほうふつ》とさせる見事な右フックだった」と千尋は愉しげに報告した。

「それで、ローサは？」

千尋が天井を指差す。「上のバーで飲んでる。ボクのツケで」

「本当にごめんなさい」

重ねて謝罪し、小百合は最上階へと急いだ。ローサの姿はすぐに見つかった。バーカウンターのど真ん中で、派手な頭の酔っ払いが「もっと強い酒持ってきてよ、金は松田センセーが払うから」と管を巻き、初老のバーテンダーに絡んでいた。片膝を立ててスツールに座り、高級ブランデーを瓶ごと呷るその姿を、他の客たちも怪訝《けげん》そうに見つめている。傍《はた》から見ればマナーのなっていない迷惑客だが、それでも追い出されずに済んでいるのは千尋の口利きのおかげだろう。隣の席に腰を下ろすと、小百合は「行儀が悪いから足を下ろしなさい」と彼女の腿《もも》を軽く叩いた。

「あっ、小百合ちゃーん、来てくれたんだぁ」

「依頼人を殴ったんですって？」

訊けば、ローサは「ごめん」と呟いた。いくら野良犬でも、理由もなく人間を噛むことはないはずだ。何があったのか事情を問うと、赤ら顔のローサはむすっとした顔でしばらく黙り込み、

「……あいつだった」

と、ぼそりと答えた。

「あいつ？」

「あたしを襲ったの、あの男なんだよ……中学生のときに、あのクソ野郎……」

呂律《ろれつ》の回らない酔っ払いから三十分かけて根気強く話を訊き出し、小百合は何とか事の成り行きを理解することができた。話を整理すると、発端はローサの中学時代だった。当時、彼女は性犯罪に遭っている。それが格闘技を始めるきっかけになったとインタビューで語っていた。

その事件の加害者が、どうやらあの保坂祐介だったようだ。保坂は性犯罪の常習犯

で、夜に一人で歩いている女子学生を見つけては尾行し、人気のない場所で襲っていたという。最初は体を触る、抱き着くなどの行為だったが、次第に暴行や強姦へとエスカレートしていったようだ。

部活の帰り、暗い夜道を歩いているローサに、保坂は声をかけた。拳銃のようなものを構えると、「言うことを聞かなければ殺す」と脅した。それはただのエアガンだったが、暗がりの中では本物か偽物かの判断もつかず、いたいけな少女の恐怖を煽るには十分だった。保坂はローサをそのまま車の中に連れ込み、犯行に及んだ。

警察はすぐに加害者を特定していた。だが、犯人が大物議員の息子だと判明した途端に「証拠がない」「目撃者がいない」と掌を返し、曖昧な態度のまま捜査は終了したという。

「……政治家って、簡単に事件を揉み消せるんだね」

ローサがブランデーを呷った。飲み込みきれなかった酒が口の端から零れ、彼女の首筋を濡らしている。

「人事権を握られているから、警察官僚は政治家の顔色を窺うしかないのよ」

警察庁長官はもちろん、都道府県警察の幹部職員においては国務大臣率いる国家公安委員会が任免を行っている。警視庁のトップである警視総監の座に就くためには彼らに選ばれ、加えて内閣総理大臣の承認が必要となる。要するに、政治家に嫌われたら出世の道を絶たれてしまうというわけだ。

ローサは瓶の中身を飲み干し、「世の中クソだね」と吐き捨てた。彼女の表情からは強い憤りが感じられるが、それはこの社会の不条理や罰を逃れた卑怯《ひきょう》な加害者に対する感情だけではないようだ。空の瓶を握りしめたまま、彼女は胸の内を吐露した。

「強くなったと思ってた。もう大丈夫だって。……でも、そうじゃなかった。あいつの顔見たとき、一瞬、ビビっちまった。そんな自分が情けなくて、ムカついた」

だから殴った、とローサは俯《うつむ》いた。「ムカつく」と繰り返し、握った拳をカウンターに叩きつける。小百合は彼女の背中に手を添え、告げた。

「千尋くんが褒めてたわ、見事な右フックだったって」

ローサは赤く充血した目を擦った。その顔にようやく笑みが戻った。

自宅のタワーマンションに戻ると、千尋は真っ先にモニター室へと向かった。八木が仕掛けた隠しカメラの映像をパソコンの画面上に表示させ、観察する。グランドロイヤル東京の３１０１号室。椅子に座って氷で頬を冷やしている保坂と、その近くでおろおろしている第一秘書の姿がよく映っている。

『お前のせいだぞ！』

激しく叱責する保坂の声が聞こえてきた。

『あんだけ言ったよな、ちゃんと調べろって！　お前がろくに確認せず金を受け取るから、こんなことになってんだぞ！　どうしてくれんだよ！』

保坂は『この無能！　役立たず！』と怒鳴り散らし、手当たり次第に物を投げつけた。保冷剤やティッシュ箱が顔面に直撃し、ずれた眼鏡を直しながら秘書は謝罪の言葉を繰り返している。

「ちゃんと撮れてます？」

と、部屋に入ってきた八木が尋ねた。テーブルの上にコーヒーを置く。

「完璧」

ホテルの客室で大暴れしている保坂の姿を眺め、八木は眉を顰めた。「この様子では、日常的にパワハラが行われているようですね。秘書が謝り慣れてる」

「だね。親子揃《そろ》ってブラックリストに名前が載ってそうだ」

政治家秘書の間ではブラック議員に関する情報が共有されているらしい。この狭い業界、「あの先生はヤバい」「あの事務所には行ってはいけない」という噂は瞬く間に広がってしまうものだ。保坂邦彦はそのブラックリストの筆頭だった。パワハラ気質は父親譲りということか。

この映像はすべて録画している。こんな姿が世に出回れば、爽やかで優しいお坊ちゃん議員という彼のイメージは台無しになるだろう。これはなかなかの弱みだなと千尋は唇を歪めた。

「もしかしたらこの秘書は、相手が後ろ暗いところのある会社であることに薄々気付いていて、あえて献金を受け取ったのかも」

「保坂を失脚させるために、ですか」

「そう」

政治家に関するスキャンダルは、ほとんどのネタ元が秘書だ。議員から散々こき使われ、下僕のように扱われた恨みを晴らすために、彼らは事務所を辞めた途端にマスコミにリークする。

「秘書には優しくしないと、あとで痛い目見るってことだね。……ま、その点ボクは心配ないけど」

「そういえば先日、うちの公設秘書が『先生は人遣いが荒い』と嘆いていましたよ」

「それ本当？　クビにしようかな。どっち？　第一秘書？　第二秘書？」

「冗談です」

ひと暴れして気が済んだのか、保坂はベッドの上に腰を下ろした。乱れた呼吸と着崩れたバスローブを整えながら、

『……あの女、どうにかしないと』

と、呟くように言った。

『今になってマスコミに垂れ込まれたら面倒だ。金積んで口止めしとけ。多少脅してもいい』

『承知しました』

秘書が部屋を出た。保坂はベッドに横たわり、電気を消した。画面が真っ暗になったところで八木が尋ねる。「あの女というのは、荒川ローサのことでしょうか」

「だろうね」

「まさか、いきなり護衛対象を殴るとは思いませんでしたよ」と言って、八木は口元を緩めた。「痛快でしたけど」

荒川ローサが保坂を殴った理由は小百合から聞いている。事情を知れば彼女に同情せざるを得なかった。

「荒川さんは中学生の頃、性犯罪の被害に遭ったらしい。加害者の親は大物議員だっ

た。結局、犯人には何のお咎《とが》めもなく、事件はなかったことにされたんだってさ」

「もしかして、その犯人が保坂祐介ですか？」

千尋は頷いた。「保坂は若い頃から悪さしてたって噂もあるし、いろいろ親に揉み消してもらってたんだろうね。まあ、ボクも人のこと言えないけど」

「そういう因縁があるのでしたら、彼女にこの仕事を任せるのは酷ですね。顔も見たくないでしょう」

「うん。代わりに自分がやるって、小百合さんが言ってた」

八木が携帯端末を取り出した。送られてきたメールを確認し、口を開く。「千尋さん、会田警視監から公安部の人事記録が届きました。そちらに転送します」

「ありがと」

もう一台のパソコンを操作し、受信フォルダを開く。八木から届いたメールの添付ファイルを開くと、警視庁本庁に勤務する公安捜査員の基礎調査記録が現れた。今現在も帝国教会の捜査に当たっている者と、過去に捜査を担当した経験のある者を合わせた数百人分のデータだ。これは時間が掛かりそうだな、とため息を吐く。八木が淹れたコーヒーを飲みながら一人ずつ確認していたところ、ある男の書類が千尋の目に留まった。

蒲生望。三十六歳。警部補。警視庁公安部公安総務課所属。現在は帝国教会のセクトである宗教法人グロリアの信者の視察を担当している。

「この歳でまだ警部補？　キャリア組なのに」

妙だな、と千尋は首を捻った。いい大学も出ているし、職務において功績も挙げている。出世に響くような不祥事の記載もないし、この年齢なら警視や警視正まで昇進していてもおかしくないが。

「この男、どう思う？」

意見を仰ぐと、八木は画面に目を近付けた。「確かに妙ですね。出世に興味のない現場主義の警察官なんでしょうか」

そんな気骨のある人物なら是非とも会ってみたいところだ。男の経歴にもう一度目を通す。過去に新宿署に勤めていた期間がある。「菅井さんに訊いてみるか」と千尋は椅子から腰を上げた。


「……クソ、頭いてえ」

ローサは顔を顰《しか》め、目の前の電柱に重い頭を預けた。さすがに昨夜は飲み過ぎたなと反省する。二日酔いに苦しむローサを、小百合は問答無用で現場に送り込んだ。保坂を殴った時点で諦めていたが、挽回の機会をくれるらしい。仕事の内容は妻の不倫調査。対象の女は「今日は友達と集まってご飯を食べるから帰りが遅くなる」と夫に話していたそうだ。眼鏡の形を模した録画機能付きのスパイカメラを与えられ、絶対に見失わないようにと釘を刺された。

朝一で小百合に叩き込まれた探偵の鉄則を、ローサは反芻した。対象とは十分な距離を取ること。対象と反対側の道を歩くこと。対象が角を曲がったら走って詰めること。録画は回しっぱなしにすること。建物に入ったときは出入り口が何か所あるか確認すること。対象がどこに入ったかがわかるように店やホテルの看板も含めた写真を撮ること。少しでも気付かれた様子があればすぐに撤収すること。急に振り返って自分の方に歩いてきたときは何気ない顔ですれ違うこと。――ローサの頭の容量ではすべてを覚えきれなかったが、まあ何とかなるだろうと楽観的に考えながら眼鏡を掛け直し、画角を調整する。小百合から渡されたのはこの眼鏡型のビデオカメラと、充電器、写真撮影用のカメラと小型のレコーダー、タブレット端末。それから、一万円札が二枚入った黒革の財布。調査費用はこの中でやり繰りしろ、ということらしい。自販機で缶コーヒーを買い、お釣りをワークパンツのポケットに押し込んだ。

欠伸を嚙み殺しながら賃貸マンションの前に待機していると、調査対象者の宮崎涼花が現れた。朝八時に自宅を出て、電車で職場へと向かう。距離を取って追尾しながら、ローサは撮影を続けた。

到着したのは西新宿駅から徒歩十分ほどの距離にある十階建ての雑居ビルだ。エレベーターに乗り込んだ涼花の背中を見送ってから、階数の表示を確認する。エレベーターの箱は五階で止まっていた。集合ポストを見るに、五階のテナントにはテクニカルデザイン東京という会社のオフィスが入っているようだ。小百合から聞いていた妻の勤務先の名前と一致する。少なくとも勤務先に関しては嘘偽りはないようだ。

小百合が夫から訊き出したスケジュールによると、宮崎涼花の退勤はだいたい午後六時半。それまでは暇なので、しばらく近くのファミレスで時間を潰した。六時半過ぎにビルから出てきた涼花は少し様子がおかしかった。そわそわしながら駅の方向へと向かう。ローサは尾行を再開した。

涼花は駅前で待ち合わせをしているようだった。しばらくして男が現れた。三十代後半くらいの、地味な雰囲気の男だった。二人は連れ立って歩き、駅の裏にあるビジネスホテルに入った。ローサは録画を続け、さらにカメラでその瞬間を連写した。

男女がホテルに入ってやることといえば決まっている。これはまさに浮気の決定的証拠だと言えるだろう。少なくとも、友達と集まって食事をするという妻の言葉は偽りだ。後ろめたいことがあるから嘘を吐いたのだ。

「もしもし、小百合ちゃん」ローサは鬼の首を取ったような気分で雇い主に電話を掛けた。「今、女を尾行してるんだけど、男とホテルに入ってったよ」

褒めてくれるかと思ったが、小百合の反応は冷ややかなものだった。『そう。ちゃんと撮れてる？』

「もちろん。これで浮気確定だよね？　もう帰っていい？」

『駄目よ。不倫相手の身元を確認しないと。ホテルから二人が出てきたら、今度は男の方を尾行して自宅を特定するの。いい？』

「……了解」帰れると思ったのに。ローサは口を尖《とが》らせた。「また張り込みかよ。朝からずっと立ちっぱで、クソ疲れたんだけど」

ここからが長いのよ、という経験者の言葉にローサはうんざりした。渋々電柱の陰に身を隠す。不倫は確実、証拠写真も撮った。しかしそれだけでは不十分で、不倫相手の身元調査まで必要だという。探偵って大変なんだなとローサは独りごちた。「この仕事、あたしに向いてないかも」

『やっと気付いたのね』

「刑務作業より面白くねえ。よくできるよね、こんなこと。小百合ちゃん、何でこの仕事始めたの？」

正直飽きてきている。何が楽しくて小百合は探偵業などやっているのだろうか。彼女なら仕事なんていくらでも選び放題だろうに。どうしてこんなきつくて退屈で忍耐を強いられる職業を選んだのか。その理由を尋ねたところ、小百合からは意外な答えが返ってきた。『昔の恋人が探偵だったから』

「え、マジで」

その話、詳しく掘り下げたいところだったが、暢気にお喋りしている場合ではなくなった。ホテルの入り口に涼花と不倫相手が現れた。建物に入ってまだ十五分も経っていない。いくら何でも早すぎやしないか、とローサは首を捻った。

「私の職場――テクニカルデザイン東京は、従業員十人ほどの小さな会社で、デザイン製作の注文を受けています。取引先は玩具メーカーから建築事務所まで様々で」

その日、蒲生は再び女と会った。場所はビジネスホテルの一室。盗聴器の類が仕掛けられていないことは確認済みだ。

「例えば、玩具メーカーが子供用の玩具を開発する際、うちの会社が所有している最新鋭の３Ｄプリンターで実際にモデルを製作してみて、安全性に問題がないか等を確認するんです。誤飲や怪我などをさせやすいデザインかどうかは、実際に形にしてみないとわかりませんから」

ベッドに腰を下ろし、宮崎涼花は説明した。彼女は株式会社テクニカルデザイン東京の派遣事務員で、経理を担当している。蒲生が数か月かけて口説き落とした協力者――所謂エスだ。宗教法人グロリアの信者である木場誠司の動向を探るには、会社の内部にいる情報提供者が必要だった。公総は会社の経理である涼花に目を付け、蒲生を数回接触させて信頼関係を築き、スパイの獲得作業を行った。涼花の身の安全を考慮して蒲生は彼女の不倫相手を装い、情報提供のための接触は毎回ホテルの個室を用意している。

「最近、取引している会社が怪しいんです」と、涼花は打ち明けた。「社長が直々に担当している案件で、キッチンやお風呂で使うアイデア用品を作っている会社だと聞いてはいるんですが、その会社の名前を検索しても出てこなくて」

涼花はバッグの中から請求書のコピーを取り出した。目を通し、「なるほど」と蒲生は唸った。架空の会社を作って取引をでっち上げているのかもしれない。

「昨日、先方の担当者が打ち合わせのために来社して、応接室で木場社長と会っていました。お茶を出したときに、少しだけ話を聞いてしまって。すぐに納品できる、とか何とか言ってました」

「納品？　いったい何を？」

「わかりません。誰もいないときにオフィスを探してみたんですが、設計図らしきものは見つかりませんでした。社長がその会社と何を作っているのか、誰も知らないみたいで……」

昨日の退勤前、明日の夜十時以降は納品があるから社用車を使わないように、という木場からのお達しがあったそうだ。ということは、今日の十時以降に何らかの取引があるのは確実だろう。もしかしたらその相手は教団関係者かもしれない。現場を押さえ、木場が納品している物品の正体を摑まなければ。

蒲生は涼花の働きを労《ねぎら》ってから、

「もう一つだけ、お願いがあります」鞄の中から小型のGPS発信機を取り出し、涼花に手渡した。「忘れ物をした振りをして、今から会社に戻ってください。この発信機を社用車に取り付けて」

すると、涼花は怯えたような表情になった。バレたときのことを心配しているようだ。「大丈夫です。あなたにもしものことがあったときは、俺が命に代えても守ります」と蒲生が力強く告げると、涼花は小さく頷いた。

「……蒲生望？」新宿署の菅井刑事といつもの地下駐車場で落ち合い、目当ての人物についての情報を仰いだところ、彼は記憶を辿りながら答えた。「ああ、覚えてる覚えてる。うちの署に飛ばされてきたキャリアだろ？」

「飛ばされてきた？」

「お偉いさんの怒りを買ったんだよ」と、菅井は眉根を寄せる。「過去にうちの所轄で押収した銃弾が、後に犯罪の凶器として使われててさ。そこで初めて、過去の押収品が大量に紛失していたことが発覚したんだ。紛失があった当時の署長は、警察庁から出向してきたキャリア官僚だった」

「聞いたことあるかも」千尋は思い出した。確か結構大きなニュースになっていたはずだ。「もしかして、組織ぐるみで揉み消したやつ？」

「そうそう。自分の在任中に不祥事があったなんて知れたら大事な経歴に傷がついちまうからな、その官僚は署長に事件の隠蔽を命じたんだ。署長は組対《そたい》の捜査員に偽装工作をさせた。捜査員は顔馴染《かおなじ》みのヤクザから銃弾を買い、盗まれた分を補填した」

「うわ」酷い話だ。千尋は顔を顰めた。「警察の出世レースって、進民党《うち》よりエグいかも」

「だがな、本庁から派遣されて事件の捜査に当たっていた蒲生が、この件を突いちまった。署長は蒲生を丸め込もうとしたが、奴は引かなかった。結局、事件はすべて明るみに出てしまって、警察は世間に叩かれた。署長は依願退職、下っ端の捜査員は懲戒免職。例の官僚も出世街道から外れて、最終的に総監にはなれず地方の会社の顧問の座に収まった、ってわけだ」

「それで、蒲生望は新宿署に飛ばされたの？」

「官僚の手の込んだ嫌がらせだよ、蒲生をわざわざ組対に転属させたのは。捜査員はただ上の命令に従っただけだ。それなのに、辞めさせられちまった。組対の連中は仲間を処分に追いやった蒲生のことを目の敵にしていたからな、部署内でもかなり冷遇されてたって噂だよ」

「職場で虐《いじ》められてたのか」

「五年前に着任した署長が理解のある人で、蒲生を本庁に戻すよう掛け合ってくれたんだ」

転属先は公安総務課だが、蒲生はその中でも暇を持て余している窓際チームに回され、帝国教会絡みの事件を担当しているという。菅井のおかげでだいたいの経緯は理解できた。

「――と、俺が知ってるのはこんくらいだけど、お役に立てたかい？」

「いつも助かるよ。ありがとう、菅井さん」

礼を告げたその直後、菅井の端末に電話が掛かってきた。仕事の急用ができたようだ。「わかった、すぐ行く」と返して電話を切った。

「事件？」

尋ねると、菅井は頷いた。「ああ、コロシだって。凶器はチャカらしいし、どうせ誠仁会あたりの仕業だろうな。組対が出張ってきそうだ」

走り去る覆面車両を見届けてから、千尋は車に乗り込んだ。


心配は尽きないが不倫調査をローサに一任し、小百合は恐喝の件を追っていた。警護対象者である保坂祐介が国会議事堂にいる間は衛視が、議員会館の事務室にいる間は秘書や警備員の目があるので心配ないだろう。対象から目を離していられる時間を黒幕の調査に充てることにした。保坂の自宅である六本木のタワーマンションの近くに車を停め、エントランスを見張りながら、千尋の話を頭の中で整理する。保坂に献金した外国籍の社長と、それをネタに揺すってきたフリージャーナリスト。彼らはおそらくグルだろうが、どちらも偽名で正体は掴めていない。恐喝を止めるには、まずは連中の実態を暴かなければならなかった。

しばらく張り込みを続けていると黒い車が現れ、マンションの前に停まった。運転席から男が降りてくる。派手な柄のシャツを羽織った男だ。小百合は一眼レフカメラを構え、ファインダーを覗き込んで男の顔を確認した。見覚えがある気がする。

その男は真っ先に集合ポストへと向かった。手にはチラシのようなものを数枚持っている。一見ポスティング業者のようだが、男が投函《とうかん》したのは保坂のポストだけで、他の部屋のポストには見向きもしない。

家主から暗証番号を訊き出し、予《あらかじ》め保坂のポストの中には小型カメラを仕掛けておいた。暗視補正機能付きだ。小百合はすぐに映像を確認した。ポストに放り込まれていたのは脅《おど》し紛《まが》いの文章が書かれた手紙と、保坂が現金を受け取る瞬間を撮影した写真。毎日のように怪文書が自宅に届いている、という依頼人の証言通りだ。今の男が嫌がらせの実行犯で、おそらく例の偽ジャーナリストの指示で動いているのだろう。

用事を済ませた男は運転席に戻り、車を発進させた。小百合もすぐにエンジンを掛け、後を付いていった。気付かれないよう距離を取りながら尾行する。

しばらくして、車はテナントビルの横にある駐車場に停まった。小百合は建物を通り過ぎ、角を曲がってすぐの路肩に駐車した。車を降り、ここからは徒歩で近付くことにする。男が消えた建物には大林《おおばやし》ビルという文字があった。

出てくるまで車で待つか、と小百合が踵を返したちょうどそのとき、電話が掛かってきた。ローサからだった。どうやら宮崎涼花の不倫の証拠を押さえることができたらしく、彼女はテストで良い点を取ったことを親に伝える子供のような声で報告してきた。適当にあしらって早々に通話を切り上げ、愛車へと向かう。

その途中、小百合はようやく思い出した。――そうだ、ローサだ。初めて彼女に会った日、乱闘騒ぎを起こしていた相手の一人が、あの男だった。道理で見覚えがあるわけだ。

たしか、喧嘩の相手は誠仁会の人間らしい、とローサは話していた。となると、恐喝の黒幕は誠仁会か。連中は何でも手広く商売している節操のない集団だと聞く。在日外国人を雇って議員に接触させ――もしくはその秘書を抱き込み――金を脅し取ろうとしているのか。割のいい小遣い稼ぎだなと小百合は思った。政治家は事を荒立てることを避けたがる。罪を共有すれば警察に駆け込まれる心配はない。

あの男を見張っていれば、そのうち保坂を脅したジャーナリストと接触するかもしれない。小百合は一度車に戻り、建物を張り込むことにした。ジャーナリストの身体的特徴についても依頼人から聞いている。中肉中背、茶髪のパーマ、一重、鼻の横に大きな黒子《ほくろ》、首にワンポイントのタトゥ。双眼鏡を覗き込み、小百合はビルの出入り口を注視した。


宮崎涼花とはホテルの前で解散した。別れ際、肩を抱き寄せて「大丈夫です、あなたならやれる」と耳打ちすると、彼女は強張った顔で数回頷いた。現在の時刻は七時半過ぎ。今から会社に行き、株式会社テクニカルデザイン東京の社用車にGPS発信機を仕掛ける時間は十分にある。職場へ戻っていく彼女の背中を見送ってから、蒲生は踵を返した。しばらく路地を進み、ふと眉を顰める。

――付けられているな。

とっくに気付いていた。ホテルを出たときから視線を感じていた。何者かに尾行されているようだ。それにしても、と蒲生は失笑し、小さく呟いた。「……下手くそな尾行だな」

筒抜けだ。足音がドタバタと喧《やかま》しい。蒲生が止まれば、その足音も面白いようにぴたりと止まる。蒲生は足を止め、煙草《たばこ》を取り出して口に咥《くわ》えた。一服する振りをしながらさりげなく視線を送る。十メートルほど後ろにある自動販売機の裏に人影が見えた。……あいつか。

この様子ではド素人だろうが、いったい何者だろうか。蒲生は横目で目視した。金髪頭の若者。目下の敵である帝国教会の関係者だろうか。職務上、尾行は常に警戒しているが、プロではない者に付け回される覚えはなかった。もしかしたら引ったくりや路上強盗犯の類かもしれない。狙われるほどの大金は持ち合わせていないのだが。

とにかく本人に訊くのが一番手っ取り早いだろう。蒲生は煙草の火を消し、速歩で歩いた。角を曲がったところで電柱に身を隠す。すぐに相手が追いかけてくる。バタバタと走る足音が聞こえてきた。角を曲がって現れたのは、金髪の若い女だった。蒲生を探しているようで、きょろきょろと辺りを見回している。

「何者だ？」

後ろから声をかけると、女は勢いよく振り返った。わかりやすく焦っている表情だった。やばい、と顔に書いてある。

「どうして俺を付けてる？」

低い声で尋ねると、女はあたふたしながらズボンのポケットに手を伸ばした。

「……あんた、さっき財布落としただろ？　ホテルの前で」二つ折りの黒い財布を取り出し、女は蒲生に押し付けた。「届けようと思って、わざわざ追いかけてやったんだよ」

「申し訳ないが、これは俺の財布じゃない」

「あ、そうなの？」

「交番に届けてくれ」

蒲生は財布を突き返したが、女は受け取らなかった。嫌そうに顔を歪める。「あたし、ケーサツ嫌いなんだよね。昔ちょっと世話になったことがあるんだけど、あいつらみんな偉そうだし横暴だし、碌な奴いないじゃん。二度と関わりたくないっていうか」

警察に向かって警察の悪口を連ねてから、女は「それじゃ」と背を向け、何事もなかったかのように立ち去ろうとした。

「おい、待て」蒲生はとっさに女の腕を掴んだ。「そんな芝居で誤魔化せると思ってるのか」

この女は明らかに自分を尾行していた。理由も吐かず、このまま逃がすわけにはいかない。

「ちょっと」女がむっとした。「何なんだよ、オッサン、手ぇ離せよ」

「いいから来い」

腕を引っ張ると、女は声を荒らげた。「あたしに何する気だよ、離さねえとケーサツ呼ぶぞ、この変態」

「お前、言ってることが矛盾してるぞ」

「助けて！　誰か助けて！」

甲高い声で助けを求める女に通行人の視線が集まる。まずいな、と蒲生は顔を顰めた。傍から見れば自分は、若い女の腕を摑み、無理やり路地裏に連れ込もうとする四十手前の男だ。これでは完全にこちらが犯罪者である。分が悪い。事案に発展するのを避けるために仕方なく手を離すと、女は脱兎《だっと》のごとく逃げ出した。


あの大林ビルという建物が誠仁会の組事務所だということは、この辺りでは有名な話らしい。インターネットで検索すればすぐにその情報が出てきた。しばらく張り込んでいたところ、不意に電話が掛かってきた。またもやローサからだった。なんとなく嫌な予感がした。電話に出てみると、先程とは打って変わってローサは意気消沈した様子だった。『ごめん、小百合ちゃん。尾行がバレちゃった』

「問題ないわ。想定内だから」

『……どういう意味？』

ローサの働きには最初から期待していない。そんな小百合の本音を知らず、ローサは『なんでバレたんだろ。上手くいったと思ったのになあ』と電話の向こうで首を捻っている。

「どんな男だった？　身長は？　体格は？」

『どうだろ、そんな大きな男じゃなかったけど。階級で言えばフェザー級くらい』

「格闘技に詳しくない人間にもわかるように説明してちょうだい」小百合はため息を吐いた。「顔は？」

『不細工じゃないけど、特徴はなかった。刑事ドラマとかに出てくる万年脇役の俳優って感じ』

「写真は撮ったのよね？」

『うん、ホテルに入るところと、出てくるところ。思ったより早く出てきた。それからしばらく尾行してたんだけど、曲がり角の先で待ち伏せされててさ。ヤバかったから、財布押し付けて逃げてきた』

「財布？　あの財布を男に渡したの？」

『落とし物拾った演技しようと思って。まあ、あんまりうまくいかなかったけど』

ローサは男を見失い、彼が何者なのか突き止めることはできなかったという。後ろめたいことをしている自覚がある者ほど尾行に気付きやすいものだ。ローサの失敗により、相手は配偶者が探偵を雇ったことも察したかもしれない。警戒されて、今後は不倫も慎重になり、より男の素性を掴むのが難しくなるだろう。今日が最後のチャンスになりかねない。そのことを理解しているのかどうかは知らないが、ローサは深く反省しているようだった。『ほんとごめん』と謝り倒している。

「諦めるのはまだ早いわ。タブレットを渡したでしょ？　その中の地図アプリ、開いてみなさい」

『うん』

画面を見つめ、ローサは『この丸い点、なに？　動いてるけど』と尋ねた。

「その男の現在地よ。あの財布には、紛失防止用のGPSが付いてるの」

ローサの苦肉の策が功を奏したようだ。自身の失態をすっかり忘れてしまったかのような明るい声色で、彼女は声を弾ませる。『小百合ちゃん、天才かよ』

紛失物を猫糞《ねこばば》するような手癖の悪い男であればいいが、警察に財布を届けられたら追跡できなくなってしまう。ここからは時間との勝負だ。

「次はないかもしれない。絶対に男の身元を摑んできなさい」

『任せといて、もう失敗しないから』

電話を切ったところで、組事務所に動きがあった。中から三人の男が現れ、ビルの向かい側にある月極《つきぎめ》駐車場へと向かう。一人は先刻、保坂の自宅に脅迫文を投函していた男だ。車の助手席に乗り込んでいる。運転席に座ったのは大柄な男で、彼にも見覚えがあった。ローサの喧嘩相手の片割れだ。最後に後部座席のドアを開けた男には覚えがなかったが、何者かはすぐにわかった。中肉中背、茶髪のパーマ、一重、鼻の横に大きな黒子。首のタトゥ――保坂を脅している偽ジャーナリストだ。

車が発進した。フルスモークのバンだった。確か、保坂が轢かれそうになった車も同様の車種だったと聞いている。まさか、これから再び保坂を襲撃するつもりだろうか。小百合もすぐに車を出し、彼らの後を追った。

時刻が夜の八時半を回った頃、作業が成功したと宮崎涼花から連絡があった。社用車に仕掛けたGPSにはまだ動きはない。

蒲生はふと、先刻出会った不審な女のことを思い返した。いったい何者なのだろうか。彼女に関する手掛かりがないかと押し付けられた財布を検《あらた》めてみたが、中身は一万円札のみで、クレジットカードや免許証など所有者に繋がる情報はなかった。

あの女、前に警察に世話になったと言っていた。もし前科や前歴があるならば、財布についた指紋を照会して身元を割り出すことができる。鑑識に指紋採取を依頼しようと思い立ち、蒲生は霞《かすみ》が関《せき》へと向かっていた。

駅から本庁へと歩いているところで、突然、目の前に黒塗りの車が停止した。運転席から降りたのはスーツ姿の大柄な男だった。黒縁の眼鏡をかけている。見知らぬその男は軽く頭を下げ、「蒲生望様」と自分の名前を呼んだ。

「先生がお待ちです」男が後部座席のドアを開ける。「どうぞ」

今日は次から次に不審な奴に絡まれるな、と蒲生は眉を顰めた。「……先生？　誰のことだ？」

「中に入ればわかります」

先生と呼ばれる人物に心当たりはなかったが、確かにその運転手の言う通り、後部座席に座る人物は知っていた。進民党衆議院議員の松田千尋。松田和夫法務大臣の息子である。警戒しながら車の中を覗き込む蒲生を、彼は横目で見遣り、にやりと口角を上げた。後部座席を数回叩き、命じる。「まあ、座りなよ」

「進民党の若手ホープが、俺なんかに何の用ですか」

「俺なんか、ねぇ」千尋は笑った。「そんなに謙遜しないでよ」

渋々中に座ると、運転手がドアを閉めた。

「ボクと手を組んでほしい」

と、千尋はさっそく本題に入った。魂胆がわからなかった。国会議員が、一介の捜査員である自分と？　はたして何が目的なのだろうか。訝しげに千尋の顔を見つめていると、彼は「今、帝国教会について調べてるんだ」と付け加えた。

「なるほど」彼が自分に声をかけたのは、帝国教会絡みの事件を担当しているからだろう。「要するに、教団に関する捜査情報を横流ししろと？」

「話が早いね」

「無理ですよ、いくら議員先生の頼みでも」

と断ったが、千尋は引かなかった。「キミにとっても悪い話じゃないと思うけどなあ」と勝手に話を進めていく。

「お互い面倒な立場だし、金銭の受け渡しは避けたいでしょ。代わりに、報酬は情報で渡すよ」

「情報？」

「そう。キミが知りたい情報なら、何でも」

含みのある言葉だった。まるで、蒲生の心を見透かしているかのような。知りたい情報なら何でも。余程の自信がないとできない発言だ。それだけ彼の元には有益な情報が集まっているのか、それとも――蒲生の頭の中に、とある噂話が過る。まさか、と思った。

「……そういえば、前に警視庁《ちょう》の先輩から聞いたことがあります」蒲生は横目で千尋を睨んだ。「過去に警視庁のデータベースがハッキングされて、政治家の交通違反を揉み消した記録が世間に流出した事件があったそうです。噂によると、その犯人は中学生だったらしいのですが、事件は一切ニュースにならなかった。犯人が大物政治家の息子だったから、揉み消された」

仮に、その大物政治家というのが松田和夫だったとしたら。蒲生は疑いの眼差《まなざ》しを隣の男に向けた。「あなたが、そのときの中学生なんですか」

「さあ」と千尋は惚《とぼ》けていたが、質問をはぐらかしたわけではなかった。「よく覚えてないんだよね、当時はいろいろやってたから。まあ、たぶんボクの仕業なんだろうけど、おかげで警視庁がサーバーのセキュリティを強化したし、良い薬になったんじゃない？」

悪びれる様子もなく涼しい顔で過去の悪事を暴露する国会議員に、蒲生は開いた口が塞がらなかった。苛立ちを覚え、思わず「こんな奴でも政治家になれるのか」と吐き捨てたが、千尋は蒲生の暴言に気を悪くすることもなく、それどころか「ホント腐ってるよね、この国」と同調を見せた。毒気を抜かれてしまい、蒲生は口を噤んだ。

千尋が唐突に話題を変える。「成田空港で女性の遺体が見つかった事件、あるじゃん？」

蒲生は頷いた。「あの、身元不明の」

「身元はわかってる。山室麻衣。帝国教会の元信者だった女だ」

まさか、と蒲生は目を見開く。

「彼女は何者かに命を狙われていた。ボクの力で秘密裏に海外へ逃がす予定だったんだけど、その直前に殺されてしまった。彼女を取材していた週刊誌の記者も事故死してる。……正確には、事故に見せかけた殺人の可能性が高い」

知らなかった。蒲生は愕然《がくぜん》となった。「そんな情報、公総《うち》には——」

何も届いていない。情報が統制されているのか？　公安にだけ知らされていないのか、それとも俺だけが蚊帳《かや》の外なのか。自分の知らないところで何が起こっているというのだろうか。

「この事件には裏があるはず。真相を暴くためには、内部の人間の協力が必要だ」

内部の人間――つまり、自分のことか。真実を明らかにしたいのは自分も同じだった。蒲生の心は揺れ始めていた。

「ボクのことはただの協力者だと思えばいい。キミたち公安はそういう人間をたくさん抱えてるでしょ」

千尋は「返事は後日聞くから、考えといて」と告げた。車の窓をノックして合図すると、外で待機していた運転手が後部座席のドアを開けた。蒲生が降りるや否や、黒塗りの高級車は何事もなかったかのように走り去った。

腕時計を見遣る。時刻は九時過ぎ。一度、千尋の話は忘れ、蒲生は頭を今の仕事に切り替えた。GPSを確認したところ、木場に動きがあった。すでに社用車が移動を始めている。本庁に寄って財布を預けている場合ではなくなった。蒲生は急いでタクシーを呼び止めた。

「如何《いかが》でしたか、蒲生は」

ハンドルを握る八木が前を向いたまま尋ねた。

「合格だよ」シートベルトを締めながら千尋はにやりと笑った。「なかなか使えそうな男だ。察しがよくて、理解が早い。権力に靡《なび》かないし、すぐに話に飛びつかない慎重さもある」

蒲生のような正義感のある人間は嫌いじゃない。出世に響くとわかっていても不祥事を公にしようとする気骨や、国会議員に逆らってもルールを遵守しようという胆力には好印象を抱いた。是非ともこちら側に引き込みたいところだ。彼自身も過去の一件から権力の恐ろしさは身に染みているだろう。千尋を味方につけておいて損じゃないことは理解しているはずだ。良い返事がもらえる感触はあった。

それよりも、気になるのは蒲生の言葉だ。「公安総務課の捜査員が山室麻衣の存在を知らなかったことが、どうも引っ掛かるよね」と千尋は首を傾《かし》げた。

十五年前、保護された際に山室麻衣は公安から新しい身元を与えられている。すべては教団から身を守り、世間からの差別やバッシングを避けるため。情報漏洩《ろうえい》防止の観点から、ごく一部の幹部しかその事実を知らされていなかったとも考えられるが、そうなると今度は別の疑問が浮かぶ。

「たしかに、気になりますね」八木が同意し、その疑問を口にする。「公安でも一部の人間にしか知らされていないような極秘情報を、薮はどこから入手したのか」

「十中八九、内部の人間がリークしたんだろうけどさ」

「それが誰の仕業かを探るために、蒲生に声をかけたんですか？」

それもある。千尋は頷いた。「まあ、内部とは限らないけどね。警察をクビになった人間が、金目当てに週刊誌に情報を売っていたのかもしれない。良い小遣い稼ぎになりそうだし」

不意に携帯端末が振動した。画面には小百合の名前が表示されている。着信だ。千尋は電話に出た。「もしもし、どうしたの？」

『保坂の恐喝の黒幕がわかった』開口一番、小百合は本題を告げた。『ジャーナリストの男は誠仁会のヤクザみたい。後で写真を送るわ』

「誠仁会ねぇ、連中ならやりそうだ」

『今は車に乗ってる。例のフルスモークのバンよ。部下を二人連れて、横浜《よこはま》方面に向かってるみたいだけど』小百合は車で尾行中のようだ。『保坂もその秘書も電話に出ないの。どこにいるか知らない？』

連中の襲撃を案じて千尋に連絡を寄越したようだが、その心配はなかった。「大丈夫。保坂なら今、東京にいるはずだよ。今日は政調会長の誕生パーティがあって、若手議員はみんな駆り出されてるんだ」

『あなたは行かなくていいの？』

「これから向かうところ。野暮用を済ませてたら遅刻しちゃった」

小百合が『相変わらず、悪い子ね』と一笑した。

「連中が横浜に向かってるのは、保坂とは別件だと思う」

『そう、よかった。念のため尾行は続けるわ』

「気を付けて」

そこで電話は切れた。野村義弘政務調査会長は酒好きの女好きで、誕生祝いは毎年銀座のクラブ『NOBLESSE』を貸し切りにして盛大に行われている。今頃は保坂も店で楽しんでいることだろう。

「良いご身分だよ。小百合さんが身を粉にして働いている間、保坂は高い酒飲んで暢気に酔っ払ってるんだから」

肩を竦めると、八木が「社会の縮図ですね」と毒を吐いた。

三人の男を乗せたフルスモークのバンはやがて埠頭《ふとう》に到着した。離れた場所に車を停めてから、小百合は徒歩で距離を詰めた。車を降りた男たちが倉庫の中へと入っていく。小百合は建物の裏側に回り込んだ。薄汚れた窓から内部を覗き込み、男たちを目視する。

しばらくして倉庫のシャッターが開き、別の車が現れた。白いボディに『株式会社テクニカルデザイン東京』という文字が記されている。どこかの会社の社用車のようだが、その社名には覚えがあった。たしか、不倫調査の依頼人である宮崎遼太郎の妻が勤めている会社も同じ名前だった。単なる偶然だろうか。

車の中から男が降りてきて、ハッチバックの荷室から幾つものケースを積み下ろし始めた。誠仁会とデザイン会社の人間がこんな場所で密会とは——その目的はすぐにわかった。ケースの中身は銃だった。ずらりと並んだ十数丁の自動拳銃を一つずつ手に取り、誠仁会が品定めしている。武器の密売か。

双方の慣れた様子からしてこれが初めてではなさそうだ。相手に見つからないよう警戒を強めながら、小百合は小型カメラで写真を撮影した。部下の男が拳銃の一つにマガジンを差し込み、壁に向かって引き金を引いた。試し撃ちをしている。誠仁会側は品質に納得したらしく、いくつかの札束を相手に手渡した。取引成立だ。

事態が大きく動いたのは、その直後のことだった。突如、倉庫のドアが開き、三人組の男が押し入ってきた。全身黒い服をまとったその男たちは皆、刃物のようなものを所持している。

謎の男たちによる急襲。倉庫の中は一瞬で混乱に陥った。三人組はその場にいた人間に手分けして襲い掛かった。ナイフで心臓を突き、喉を切り裂き、一人ずつ始末していく。やけに手際がよかった。辺りに鮮血が散り、あっという間に死体の山が出来上がった。

最後に残されたのは、あのジャーナリスト役の男だった。商品を手に取り、反撃した。密造銃を構え、引き金を引く。銃弾は敵の一人の胸に命中した。すぐに残りの二人が距離を詰め、男の息の根を止めた。

全員を始末すると、二人の男が動いた。金と拳銃を次々と運び出し、自分たちの車――黒いワゴンに積み込んでいく。撃たれて絶命した仲間には目もくれず、言葉をかけることもなく、黙々と作業に徹している。異様なほど冷静だった。すべての荷物を積み終え、二人は車に乗り込んだ。仲間の死体を見捨て、そのまま走り去っていく。

ほんの数分間の出来事だった。

誰もいなくなったところで、小百合は正面に回り、倉庫の中に入った。倒れている男たちの脈を確認したが、やはり全員が事切れていた。カメラを取り出し、順番に死体の顔を写真におさめた。そのときだった。

「——動くな」

不意に声がした。振り返ると、男が立っていた。拳銃を構えている。連中の仲間だろうか。小百合はゆっくりと両手を上げた。

銃声が聞こえた。

埠頭でタクシーを降りた、まさにその瞬間のことだった。有事に備えて携帯していた拳銃を抜き、蒲生は先を急いだ。銃声のした方向と木場の車のGPSの位置は同じだった。倉庫だ。傍には二台の車が停まっている。そのうちの一つは木場の会社の社用車。倉庫のシャッターは開いていた。中を覗き込み、蒲生は目を剝いた。——死体だ。それも、一体だけではない。五人の男が血を流して倒れている。その真ん中で人影が動いていた。女の姿が見える。

「動くな」

死体に囲まれて佇《たたず》むその女に、蒲生は銃口を向けた。女は振り返り、蒲生の構えた拳銃を認めると、何も言わずに両手を上げた。髪が長く、すらりとした痩身の美人だった。

「これは、どういうことだ」

問い詰めると、女は肩を竦めた。「私が訊きたいわ」

やけに冷静な態度。殺人現場に慣れている。ただの女ではなさそうだ。

「お前が殺ったのか？」

と尋ねながらも、蒲生は自らの発言を笑い飛ばした。それはないか。こんな細腕でこれだけの数の男を相手にできるとは思えない。

すると、女は眉を寄せた。「あなたの仲間の仕業じゃないの？」

「仲間？　何の話だ」

どうやらお互い誤解がありそうだ。彼女も蒲生を疑っている。

その女はカメラを握っていた。記者か何かだろうか。「お前、何者だ？」

尋ねると、女は手を上げたまま答えた。「私立探偵よ」

「探偵？」

「依頼があって、この男を尾行してたの」この男、と言いながら、女は倒れている死体に視線を向けた。「そういうあなたは、どちら様？」

「俺は――」

答えようとした、そのときだった。背後から騒がしい足音が聞こえてきた。振り返った瞬間、蒲生の体に衝撃が走った。殴られたのだ、何者かに。呻き声をあげて腹を押さえ、蒲生は地面に片膝をついた。痛みに顔を顰めながら見上げると、見覚えのある女が立っていた。

「小百合ちゃんに物騒なモン向けてんじゃねえぞ、クソ野郎！」


地図上の赤い印を追いかけ、ローサは電車に乗り込んだ。霞が関駅で降り、端末を確認しながら歩く。次第に丸印との距離が縮まっていく。もう目と鼻の先だ。辺りを見渡すと――いた。あの男だ。ちょうどタクシーに乗り込むところだった。

慌ててローサもタクシーを拾った。運転手に行き先を訊かれるよりも先に「前の車を追って」と指示を出す。

「お客さん」中年の運転手はどこか面白がっているような声色だ。「もしかして、警察の人？」

「そんな感じ」

犯人を追ってるんですね、と運転手は早合点し、アクセルを踏み込んだ。

しかしながら、尾行は長くは続かなかった。次の交差点で赤信号に引っかかってしまい、前のタクシーとは引き離されてしまった。「すみません、見失ってしまいました」と運転手が眉を下げている。ローサは苛立ち、何やってんだよと舌打ちしたところで、ふと思い出した。そういえば、こっちにはGPSがあるんだった。相手の位置は常に把握できる。地図上の赤い印を見つめながら、ローサは「その先の角を右に曲がって」と道案内に切り替えた。

タクシーが停車したのは横浜の埠頭だった。ドアを開けた運転手が尋ねる。「請求先はどちらの署で？」

「すぐ戻るからそこで待ってて！」

そう言い残し、ローサは走り出した。印を追い、男の姿を探す。しばらく進んだところに倉庫があった。GPSがここで止まっている。男は中に入ったようだ。ローサはドアから覗き込んだ。——いた。あの男だ。

その他に、もう一人いた。小百合だった。どうして彼女がここに？　理由はわからなかったが、彼女が窮地に立たされていることは察した。

一瞬、身が竦んだ。男が拳銃を持っていたからだ。過去の記憶が頭を過り、ローサの体を縛る。銃を向けられている小百合の姿が、中学生の自分と重なって見えた。くそ、と舌打ちする。このままじゃ小百合が撃たれてしまう。何やってんだ、びびってる場合じゃねえだろ。自分自身を奮い立たせ、ローサは地面を蹴った。勢いよく突進する。男に向かって、一直線に。

「小百合ちゃんに物騒なモン向けてんじゃねえぞ、クソ野郎！」

振り向いた男の腹に一撃を食らわせた。畳みかけるように攻撃を加えていく。拳銃を握る腕を掴み、後ろに捻り上げ、そのまま男の体に全体重を掛けた。上から圧《お》し掛《か》かり、相手の背中を膝で押さえつけ、その手から武器を奪う。

「小百合ちゃん、大丈夫？」

尋ねると、逆に質問が返ってきた。小百合が珍しく目を丸くしている。「あなた、どうしてここに？」

「それはこっちの台詞だって」

奪った拳銃を一瞥し、「こいつ、何者なんだよ」とローサは眉を顰めた。ただのOLの不倫相手が、なんでこんなモン持ってるんだ？

「とりあえず、ケーサツに突き出しとく？」

提案すると、ローサに押さえつけられている不倫男が口を開いた。ため息交じりに告げる。「俺が警察だ」

「……えっ？」

警察。その単語に血の気が引く。ローサはとっさに不倫男から離れた。男は立ち上がり、ポケットから警察手帳を取り出した。ローサは「マジかよ」と顔を顰めた。

「これってもしかして、コームシッコーボーガイってやつ？」

「今回までは見逃してやる」男はローサの顔を睨んだ。「三度目はないぞ」


死体だらけの場所でこのままお喋りするわけにもいかず、蒲生たちは場所を変えることにした。警察には「銃声が聞こえた」と匿名で通報を入れておいた。あと十分もすればパトカーが現場に到着するだろう。

倉庫を離れ、「せっかく横浜に来たんだから中華食べたい」という金髪女の暢気な提案により行き先は中華街に決まり、大通りに面した豪勢な門構えの店に入った。個室席の丸いテーブルを、会ったばかりの相手——それも、自分が銃を向けた女と、自分を尾行した上に殴ってきた女——と仲良く囲むのは何とも妙な気分である。

次から次に運ばれてくる料理を箸で突きながら、蒲生たちは互いの素性を明かすことにした。黒髪の女は槙小百合といい、新宿で探偵事務所を営んでいるそうだ。金髪女は荒川ローサという名で、小百合の手伝いをしているらしい。それを聞いて、なるほどそういうことかと蒲生は思い至った。おそらく自分が尾行されていたのは宮崎涼花絡みだろう。涼花は「夫に気付かれたかもしれない」と不安がっていた。妻の不貞を疑った夫が探偵に調査を依頼したと推察できる。

「俺を不倫相手だと思って、尾行していたんだな」

核心を突き、蒲生は二人の顔色を窺った。小百合の表情は読めなかったが、ローサはわかりやすかった。明らかに目が泳いでいる。図星のようだ。

「隠さなくていい。職業柄、俺は口が堅いんだ。夫が不倫を疑って探偵を雇ったなんて、彼女に告げ口するつもりはない」

「それは助かるわ」小百合が微笑んだ。

「彼女の名誉のために言っておくが」協力者の濡《ぬ》れ衣《ぎぬ》を晴らそうと、蒲生は強い口調で否定した。「宮崎涼花は不倫なんてしていない。彼女はただの情報提供者だ。身の安全を考えてホテルで会っているだけで」

「なんだよ、紛らわしいマネしやがって」と、料理を掻《か》き込《こ》みながらローサが舌打ちした。取り皿の上には青椒肉絲《チンジャオロウスウ》が山のように盛られている。よく食う女だと蒲生は目を見張った。

「お前、探偵向いてないな。尾行が下手過ぎる」

「てめえ、このオッサン、ぶっ飛ばすぞ」

勢いよく立ち上がり、唾を飛ばしながらローサが凄んだ。回鍋肉《ホイコウロウ》を口に運んでいた小百合が「やめなさい」と窘《たしな》めると、彼女は握りしめた拳を解き、渋々といった様子で着席した。

「ごめんなさいね、人としても探偵としても躾がなってなくて」

「とんだ猛獣だな」

「返す言葉もないわ」

上品で冷静な小百合と、粗野で狂暴なローサ。二人の女を見比べ、妙な組み合わせだなと蒲生は思った。

「それで」と、小百合に尋ねる。「あの倉庫で何があったんだ？」

蒲生が本題に切り込むと、小百合は目を細めた。「あまり好きじゃないのよね、一方的に求めてばかりの男って」

蒲生が二人に明かしたのは、自分の名前と、警察組織に所属している、ということとのみ。それだけではこちらの情報は渡せない、と小百合は暗に主張している。渋々蒲生は口を開いた。

「俺は捜査一課の刑事だ。詳しくは話せないが、ある事件の捜査をしていて、容疑者の男を見張っていた。そいつは宮崎涼花の上司で、彼女からの情報のおかげで容疑が固まっていた。その男を尾行していたら、あの倉庫に辿り着いた、というわけだ」

嘘を交えて説明すれば、小百合の眼光が鋭くなった。「捜査一課の刑事が、あんな場所に一人で？」

「思うところがあって、単独で動いていた」

「宮崎涼花さんは、ただの情報提供者だと言ったわね？」

小百合が質問を畳みかける。まるで取り調べだ。蒲生は心の中で苦笑した。「そうだが」

「涼花さんの夫が不倫を疑い始めたのは三か月ほど前。それは、あなたが彼女と接触した時期と一致するはず。多忙を極める警視庁捜査一課の人間が三か月もの時間を費やしているなんて、口説き方が丁寧過ぎるんじゃない？　それも、夫の目を盗んで」

この女、なかなか鋭い。蒲生の嘘に気付いているようだ。

「ねえ、蒲生さん。職業柄口が堅いのは、私も同じじよ」

そう言われ、蒲生は観念した。内部事情をベラベラと話すわけにはいかないが、隠し立てしてばかりでは相手から情報を得られないことも事実だ。蒲生は差し支えない範囲で明かすことにした。

「俺の所属は公安総務課だ」

という答えに、小百合は満足そうに頷いた。

ローサが小籠包《ショウロンポウ》を頬張りながら首を捻る。「コーアンソームカ?」

「主に、帝国教会絡みの案件を担当している」

きょとんとしていたローサが、教団の名前を聞いた瞬間はっとした。「帝国教会って、あの山――」

「ローサ」彼女が何か言いかけたところで、小百合が割って入った。「店員さんを呼んで、烏龍茶《ウーロンちゃ》のおかわりを頼んでくれる?」

言われた通り、ローサは手を上げて店員を呼びつけた。小百合はわざとローサの言葉を遮っていた。何か隠しているな、と睨む。蒲生を完全に信用しているわけではなさそうだ。だが、それはお互い様である。

「あの死体の中に、帝国教会の関係者がいるの? どの男?」

小百合はスマートフォンを取り出し、蒲生に手渡した。端末のフォトギャラリーに死体の写真が並んでいる。

「木場」その中から一枚を選び、蒲生は小百合に見せた。「こいつだ。テクニカルデザイン東京の社長だよ」

「宮崎涼花の上司」

蒲生は頷く。「そっちこそ、どうしてあの倉庫に？」

「調査の依頼で、この男を追っていたの」小百合は別の写真を表示させ、蒲生に画面を向けた。茶髪頭にタトゥのチンピラ然とした男だ。「誠仁会のヤクザよ。名前は柳《やな》瀬《せ》。偽名だろうけど」

小百合は柳瀬を、蒲生は木場を、そしてローサは蒲生を尾行していた。それぞれ別々の人間を追いかけた結果、奇《く》しくもあの倉庫で全員が鉢合わせをすることになってしまった、ということか。

「あの倉庫で、こいつらは何をやってたんだ？」

「取引よ。この会社、誠仁会に武器を売っていたみたい」

蒲生はぴんときた。小百合の言葉と涼花の証言が綺麗に繋がる。「３Ｄプリンターで拳銃を作っていたのか」

「そのようね。全部で十丁はあった」

取引先に怪しげな会社があると宮崎涼花は話していた。その正体は便利グッズ会社ではなく特定指定暴力団の誠仁会であり、秘密裏に製作していたのは生活用品の試作品ではなく自動拳銃。今日がその納品日で、木場は取引場所の倉庫へと商品を届けたが、結果はあの有様だ。そのときの状況を目撃したのは小百合だけ。彼女は順を追って説明した。「急に襲ってきたの、三人組の男が。ナイフを持っていた。その場にいた全員を始末して、拳銃と現金を車に積み込んで逃げた。手際が良かったわ」

「最初から、あの場所で取引があることを知っていたんだな」

小百合は撮影した死体の画像を見せた。「三人のうちの一人は撃たれて死んだ。この男よ」

「その写真、俺に送ってくれ。身元を調べてみる」

「何かわかったら連絡して」

小百合と名刺を交換してから、

「一つ、頼みがある」

と、蒲生は告げた。

「宮崎涼花の夫には、不倫はしていなかった、ということだけを伝えてくれ」

彼女は浮気をしていない。それが事実だ。情報提供者として公安に働かされていたことは秘匿しておきたかった。頭を下げた蒲生に、小百合は頷いた。

埠頭で待たせていたタクシーの代金は小百合が支払ってくれた。横浜中華街には彼女の車で向かった。中華料理店で小百合と蒲生が何やら物騒な話をしていたが、ローサにはよくわからなかった。一つだけわかったことは、保坂のクソ野郎を脅していた連中はこの世からいなくなり、事件は解決したということだけだ。

中華料理店を出てから蒲生と別れ、ローサは小百合の愛車に乗り込んだ。彼女が向かった先は銀座だった。仕事の進捗を松田千尋に報告するためだという。千尋は今夜ここで開かれているパーティに出席しているという話だが、ローサたちが到着したときにはすでに帰宅した後だった。入れ違いになってしまったようだ。仕方なく小百合は携帯端末を取り出した。千尋に電話を掛けようとしたそのとき、ちょうどビルから保坂祐介が出てきた。顔を見るだけで虫唾が走る。

保坂はかなり酔っているのか、足元が覚束《おぼつか》ないようだ。半ば秘書に支えられるようにして歩き、迎えの車へと向かっている。

「ちょうどよかった、彼にも報告しておくわ」

保坂の後を追いかけようとした小百合の腕を摑み、ローサは「あたしが行く」と告げた。

「あいつにはあたしが報告するから、小百合ちゃんは松田センセーに電話してて」

保坂はビルの向かいに駐車している黒塗りの高級車に乗り込んだ。車に近付き、ローサは後部座席の窓を軽く叩いた。保坂がこちらを見て顔色を変えた。運転席に座っていた秘書が慌てて降りてきて、ローサの前に立ちはだかる。聞こえているかはわからないが、ローサは窓越しに声をかけた。「てめえを脅してたのは誠仁会のヤクザだった。さっき死んだから、多分もう恐喝はなくなると思う。何日か様子見て、何もなかったら家に帰っていい——って、小百合ちゃんが」

小百合からの伝言を告げ、ローサは立ち去ろうと踵を返した。ところが、保坂の秘書がそれを呼び止めた。「あの、例の事件のことですが」

秘書は懐から封筒を取り出し、ローサに渡した。中身は札束だった。厚みからして五十万円はあるだろう。

「これで、事件のことは口外しないでいただけますか」秘書が言った。

口止め料のつもりらしい。かちんときた。こっちは散々苦しめられてきたのだ。毎日怯えて、眠れない日々が続いた。なのに、たったの五十万でなかったことにしようというのか。封筒を握る手が憤りで震える。これは金額の問題ではない。何でも金で解決しようとする腐った考えが腹立たしいし、金さえ渡しておけば大人しく黙る女だと見くびられたことも不愉快だ。

この野郎、舐めやがって。

「ふざけんな」と怒鳴り、ローサは札束を放り捨てた。紙幣が宙を舞い、地面に散らばる中、窓ガラスに強烈な肘打ちを食らわせた。何度も叩いた。ひびが入るまで繰り返し、最後に窓に向かって前蹴りをお見舞いした。ガラスが割れた。中にいた保坂が頭を抱えるようにして、悲鳴をあげた。

残った破片を踵で蹴り飛ばし、ローサは叩き割った窓に顔を突っ込んだ。保坂に向かって叫ぶ。「一生てめえを許すつもりはねえからな！」

秘書がローサの体を摑み、「やめてください」と止めに入る。それを振り払い、ローサは続けた。

「てめえなんか怖くねえんだよ！　権力でも何でも使ってみろ！　そんときは今度こそこの手でぶっ殺してやる！」

背後で秘書が「警察を呼びますよ」と叫んだ。渋々ローサは窓から顔を離し、保坂に向かって中指を立てた。

「てめえの弱みはあたしがずっと握っといてやる。いつマスコミにバレるかわからない恐怖で、毎日怯えて過ごしやがれ」

情けない顔で「おい、早く車を出せ！」と保坂が喚いた。慌てて秘書は運転席に戻り、すぐさま車を発進させた。残されたのは頭に血が上ったローサと、地面に散らばった万札、遠巻きに恐々と眺める野次馬だけ。保坂の車が視界から消えたところで、ローサは地面に両膝をついた。落ちている万札を拾い集め、ワークパンツのポケットに詰め込んでいたところ、

「何をやってるの」

と、声がした。両手に札を握り締めたまま顔を上げると、小百合が呆れた顔でローサを見下ろしていた。「自分でバラ撒《ま》いておいて、格好がつかないわね」

「だって勿体《もったい》ないじゃん。金に罪はないんだし」

真顔で答えると、小百合は頬を緩めた。「……あなた、本当に面白い子ね」

万札を一枚残らず拾い終えると、ローサは立ち上がった。膨れたポケットを叩きながら声を弾ませる。「ねえねえ、この金で美味いもん食いに行こうよ。せっかく銀座に来たんだし、回らない寿司とかさ」

「その前に、私に借金を返しなさい」

「……そうでした」

肩を落としたローサを一瞥し、小百合はふっと笑った。「今日はもうお腹いっぱいだから、寿司は今度にしましょう」


「──そっか、わかった。お疲れ」

千尋は電話を切った。小百合からの報告だった。保坂を脅していた男が死んだらしい。きな臭くなってきたなと口角を上げる。

銀座のクラブ『NOBLESSE』で開かれた野村政調会長の誕生祝いは盛大なものだった。馬鹿みたいな値段のシャンパンが次から次に栓を開けられていた。パーティに参加した面子《メンツ》も豪華だ。党の議員だけではなく、外部の人間も呼ばれていた。警視庁の元警視総監に、大手銀行の元頭取、例の川島電器の社長もいた。おまけにあの女──共国党衆議院議員・上原瑠璃子の姿も。堂々と招待しているということは、彼女の離党も秒読みだろうか。

千尋は先にお暇《いとま》したが、保坂はパーティがお開きになるまで居座っていた。彼がホテルに戻ってきたのは日付が変わった後だった。自宅に戻った千尋はすぐにモニター室に籠もり、仕掛けているカメラの映像を眺めた。グランドロイヤル東京の3101号室を監視する。画面には保坂とその秘書が会話している姿が映っていた。例の問題が解決して安心したのか、ベッドに腰を下ろした保坂は『あの男、死んでくれてよかった』と嬉々《きき》とした表情を浮かべている。

『それにしても、あの女、マジでイカれてやがる』

保坂の声色が変わった。あの女というのは、どうやら荒川ローサのことらしい。今度は何を仕出かしたのかと思えば、『普通、車の窓割るか？　それも肘で』と保坂は顔を顰めていた。彼女ならやりかねないな、と千尋は笑った。

『あいつ、目障りだな。

『どうにか、と言いますと？』

『お前は本当に無能だな』保坂が声を荒らげた。『俺の過去をバラせないように、あの女の弱みを握るんだよ。口封じになれば何でもいい。方法はいくらでもあるだろ。親の勤務先調べてクビをちらつかせるとか、男雇って裸の写真撮らせるとかさ』

会話を盗み聞きしながら、千尋は「品性のない男だねぇ」とため息を吐いた。父親が他界しても性根は腐ったままらしい。少し灸《きゅう》を据える必要がありそうだ。リビングでコーヒーを淹れていた八木を呼びつけ、千尋は命じた。

「例の音声データ、マスコミにバラ撒いといて」
「承知しました」八木が涼しい顔で頷いた。「すぐに手配いたします」

自宅に戻るのは久々だった。自宅といっても、何もないところだ。六畳間に素っ気ないベッドとテーブル、小さなテレビが置かれているだけの、生活感の乏しい部屋で蒲生は暫《しば》しの仮眠を取った。

目を覚まして、まずテレビをつけた。昨夜の埠頭での事件が気になっていた。チャンネルを報道番組に合わせる。男のアナウンサーが次々に原稿を読み上げていく。インスタントのカップ麺を啜りながら、蒲生は目当てのニュースが流れるのを待った。

ところが、いつまで経っても例の事件は取り上げられなかった。蒲生は箸を握る手を止め、ノートパソコンを開いた。横浜、発砲事件、木場――いくつかのワードを入力し、ネットで検索してみたが、不思議なことに一つもニュース記事が出てこなかった。どういうことだ、と蒲生は眉を顰める。五人が死んだ昨夜の事件について、世間は一切触れていない。報道が規制されている？　何か権力が働いたのだろうか。真実を知られては困る誰かが、圧力を掛けた？　いったい誰が？

静かな部屋にアナウンサーの声が響く。『進民党の保坂祐介議員が、日常的に秘書にパワハラを行っていた証拠となる音声が——』

画面に目を向けると、怒鳴り散らしながら秘書に物を投げつける暴虐な国会議員について報道されていた。今度はパワハラ問題か。政治家は不祥事ばかりだ。どいつもこいつも。呆れることにも飽きてしまった。

政治家——ふと、蒲生の頭にあの議員の顔が浮かんだ。松田千尋。彼なら埠頭の事件について何か知っているだろうか。たとえ知らなかったとしても、情報を手に入れられる立場にいるかもしれない。

キミが知りたい情報なら、何でも——悪魔のような顔で微笑む彼の言葉が蒲生の頭を過る。奴と手を組むか、組まないか。その返事はまだしていない。いつの間にか心が前者に傾きつつあることに、蒲生は気付いてしまった。

テレビを消し、蒲生は端末を手に取った。メッセージの送り先は宮崎涼花だ。これが最後の呼び出しになるだろう。

「——ローサ、起きて」

槙小百合探偵社のソファでいつものように昼寝をしていたところ、小百合に体を揺さぶられた。目を擦るローサに、「電話よ、あなたに」と小百合が端末を手渡す。

「誰から？」

「千尋くん」

政治家のセンセーがいったい自分に何の用だろうか。欠伸を嚙み殺しながら電話に出ると、『やあ』と声が聞こえてきた。

『先日は悪かったね。知らなかったとはいえ、キミに嫌な思いをさせてしまった』

保坂祐介との一件のことだろう。あの日、保坂と再会したローサは、怒りに任せて一発殴った。「別に」と素っ気なく返す。

『お詫《わ》びといってはなんだけど、テレビをつけてみて』

ローサはリモコンに手を伸ばした。言われた通りのチャンネルに合わせると、ニュース番組が放送されていた。テロップには『進民党・保坂祐介議員のパワハラ音声入手』とある。秘書を怒鳴りつける保坂の声が聞こえる。癇癪《かんしゃく》を起こしたように、暴言を吐きながら物を投げつけている。それに対し、秘書は何度も謝っていた。どう見ても完全なパワハラだ。

『キミの弱みを握ろうとしてたから、手が回らないようにしておいた』

と、千尋は言った。

彼の話によると、ローサが車の窓ガラスを叩き割って啖呵《たんか》を切ったあの夜、保坂はどうにかしてローサを潰そうと画策していたらしい。マスコミに追いかけ回された保坂は完全に参ってしまい、議員の執務をサボって現在はホテルに引きこもっているそうだ。もはやローサを気に掛けている場合ではなくなった。この議員先生は自分を助けるために保坂の弱みをマスコミにばら撒いてくれたのだろう。

なんだ、結構いい奴じゃん。歯を見せて笑い、「どーも」とローサは礼を告げた。


その日、蒲生は宮崎涼花と落ち合った。時刻は夕方の五時を回ったところで、場所はホテルではなくカフェにした。

「取引先の会社は、ヤクザのフロント企業でした」向かいに座る涼花に、蒲生は小声で報告した。「木場社長は3Dプリンターで拳銃を密造し、連中に卸していたようです」

そうですか、と涼花は表情を曇らせた。勤務先がヤクザと繋がっている事実を聞かされてはさすがにいい気分ではないだろう。

「会社は辞めるつもりです。犯罪に加担している職場で働くことはできないので」

という涼花の決断に、蒲生は力強く頷いた。「ええ、そうですね。それがいいと思います」

社長の木場誠司は殺された。今後、会社がどうなるかはわからない。沈みかけた船からは早めに脱出するべきだ。

実は、と涼花が話を切り出す。「夫が、やっぱり不倫を疑っていたみたいです。探偵を雇って調べさせていました。掃除をしていたときに、夫の部屋で調査報告書を見つけてしまって……」

探偵。その言葉に、二人の女の顔が浮かんだ。

「報告書には、何と？」

「不倫の事実はない、と書いてありました。宇野さんのことも書かれていなかったので、安心してください」

小百合は約束を守ってくれたようだ。公安の捜査に巻き込んだせいで一つの家庭を崩壊させることになっては寝覚めが悪い。助かった。

「あなたの旦那さんには悪いことをした。誤解を生んでしまい、本当に申し訳ありません」

深々と頭を下げると、涼花は「いえ」と返した。

「感心しました。あの人、意外と鋭いんだなって」

蒲生ははっと顔を上げた。そのときにはすでに彼女は立ち上がり、蒲生に背を向けていた。ここからでは顔は見えない。「さようなら」と立ち去る涼花の後ろ姿を、蒲生は黙って見送るしかなかった。視察対象者の木場が死亡し、蒲生の職務も、涼花の役目も終わった。彼女とはもう二度と会うことはないだろう。彼女のどこか寂しげな背中を、蒲生は目に焼き付けた。

「——罪な男だねえ」

不意に声をかけられた。

驚いて振り向くと、すぐ後ろの席に男がいた。——松田千尋だ。こちらに背中を向けて座り、コーヒーを飲んでいる。いつの間に、と蒲生は目を見開いた。

「付けてたんですか、俺のこと」

「偶然だよ。ボクの行きつけのカフェに、たまたまキミが入ってきて、隣の席に座っただけ」

「白々しい」蒲生は鼻で嗤った。背中合わせのまま言葉を交わす。「気付かなかったな。見事な尾行だ。次の選挙で落選したら、公安に入りませんか？」

「ちょっと、縁起でもないこと言わないでよ」

千尋は苦笑した。コーヒーを一口飲み、話を戻す。

「わかってたんでしょ、彼女の気持ち。知っていながら気付かない振りをして、利用した」

痛いところを突かれ、蒲生は悔し紛れに言い返す。「あなたも俺に対して、同じようなことをしているじゃないですか」

蒲生の正義感を利用し、情報という餌をちらつかせて手籠めにしようとしている事実を指摘すると、千尋は「言えてる」と一笑した。

「それで、返事は？」

彼と手を組むかどうか。その答えを求められ、蒲生は口を開いた。すでに心は決まっている。「一方的に使われるつもりはありません。俺もあなたを利用させてもらいますよ」


カフェを出たところで、目の前に車が停まった。八木が迎えにきたようだ。運転席を降り、後部座席のドアを開ける。千尋が乗り込んだのを確認してから、八木は静かに扉を閉めた。

「最初から、保坂を潰すつもりだったんですね」

と、車を運転しながら八木が言った。

パワハラを告発したのは千尋の仕業だ。マスコミに追いかけ回された保坂は執務を休み、今もあのホテルに引きこもっている。爽やかで優しげ、育ちのいいお坊ちゃん議員という世間のイメージは崩壊した。強力な後ろ盾だった父親亡き今の状態では挽回は不可能。政治生命は絶望的だろう。

千尋は八木の言葉を否定しなかった。保坂に相談を持ち掛けられたあの日、正直なところチャンスだと思った。「邪魔だったんだよね、あの男。ボクとキャラが被ってるし」

「キャラ？」

「若手議員、父親が政治家、そしてイケメン」

「千尋さんもそんな冗談を言うんですね」

「どういう意味よ」

ミラー越しに睨みつけると、八木は薄く笑った。お前、良い性格してるよね、と呟く。

「それで、蒲生はどうですか？　使えそうです？」

「まあね」千尋は窓の外に視線を向け、頷いた。「彼の情報によると、公安が視察していた木場という男が、拳銃の密造に手を染めていたらしい。木場は宗教法人グロリアの信者だった」

「グロリアといえば、帝国教会のセクトの一つですよね？」

「そう。調べてみたんだけど、グロリアのバックにはヤクザが付いてた。教団へのお布施は、そのまま誠仁会への上納金になってる」

「フロント企業ならぬ、フロント教団ですか。寄付金は非課税対象だから、かなりの額を節税できるでしょうね」

「おまけに、ここには永田町も絡んでるんだ。ある大物議員がこの団体から多額の献金と票をもらってるらしい。だから、グロリアは警察から守られてる。この情報は警察官僚の上層部だけで共有されていて、捜査担当部署である組対や公安の捜査員には回ってきていない。蒲生さんたちは何も知らずに木場を見張らされていたんだよ。木場にテロを起こす気なんて、さらさらないのにね」

「なるほど」八木は皮肉を漏らした。「優秀な捜査員と税金が無駄に使われているとは、甚だ遺憾です」

「問題は、誰が木場たちを襲ったのか、だけど」

蒲生の話によると、密造銃の取引に乱入し、商品を強奪した連中がいたそうだ。五人が命を落としたが、事件は一切報道されておらず、木場については失踪扱いになっているという。すべて、なかったことにされたのだ。この件が明るみに出ると困る誰かが、各所に圧力を掛けたのだろう。

「広い目で見たら、これも帝国教会絡みの事件だ。藪や山室麻衣と同様、誰かが木場を消そうとしていたのかも」

とはいえ、これもただの直感と想像に過ぎない。仮説を立てるにはまだ材料が少なすぎる。

黙り込んで考えを巡らせているうちに、自宅が見えてきた。エレガンスタワー赤坂レジデンス。四十八階建ての高層マンションだ。普段なら八木は地下駐車場に車を停め、部屋まで同行するのだが、千尋は「今日はここでいいよ」と車を路肩に停めさせた。何となく、一人で歩きたい気分だった。千尋が一人になろうとすると八木はいつも嫌そうな顔をするが、結局は素直に言うことを聞いてくれる。

運転席を降りた八木が後部座席のドアを開け、

「お疲れさまでした」

と、頭を下げた。「お疲れ」と彼の肩を叩いてから、自宅までの道を進む。エントランス前の大理石の床に足を踏み入れた。センサーが感知し、オートロックのドアが開いたところで、千尋さん、という声が聞こえてきた。八木が呼んでいる。振り返ると、強張った彼の顔が見えた。

八木は目を大きく見開いている。いつも冷静で何事にも動じない男の、初めて見せる表情だった。珍しいなと思った瞬間――突如、体に熱が走った。強い衝撃が駆け抜け、全身が大きく波打つ。視界を鮮やかな赤が過った。

いったいなにが起こったのか、最初はわからなかった。後から痛みが押し寄せてきてようやく、撃たれたのだと気付いた。

千尋さん、と叫ぶ声がする。

被弾した傷口から止めどなく血が溢れ出し、大理石の床をどす黒く染めていく。激痛に耐え切れず、千尋はその場に頽れた。霞《かす》む視界に、血相を変えて駆け寄る八木の姿が映った。

＃3　国の嘘

今日は珍しく会食もパーティもなく、夕方には帰宅できた。自宅マンションの入り口まではまだ十数メートルほど距離があるが、松田千尋はここで降ろせと命じた。指示に従い、路肩に車を停める。すぐに運転席を降り、回り込んで後部座席のドアを開けた。「お疲れさまでした」と主人に向かって頭を下げながら、議員秘書が板についてきたな、と八木隼人は苦笑した。一介の傭兵だった自分がまさかこんな仕事をすることになるとは、弾丸が飛び交う戦場にいた頃には想像もつかなかった。

ドアを閉めたところで懐の携帯端末が震えた。着信だ。確認したところ、画面には『父』という文字が表示されている。長年松田家の使用人を務めている義父からの電話だった。

珍しいな、と思う。義父が八木に電話を掛けてくることは滅多にない。何かあったのだろうか。八木は怪訝な顔をして通話に切り替えた。「はい」

『坊ちゃんは？　一緒ですか？』

挨拶もなしに義父が尋ねた。坊ちゃんというのは千尋のことだ。彼を幼少期から知る義父は今でもそう呼んでいるが、千尋本人は快く思っていないようで、いつまでも子供扱いされていて嫌だと何度か文句を聞かされたことがある。

「今、ご自宅に送り届けたところですが」マンションのエントランスへと向かう千尋の背中を目で追いながら、八木は答えた。「どうかしました？」

『旦那様に脅迫文が届きました。帝国教会の元信者の死刑を取り下げろ、と』

政治家への脅迫文は何も珍しいことではなかった。特に閣僚ともなると尚更《なおさら》だ。いちいち気にしていたらきりがない。しかしながら、帝国教会という名前を出されては聞き流すわけにはいかなかった。「本当ですか、それは」

『ええ。十二年前に強盗殺人を犯した死刑囚です。三人殺しています。犯行については帝国教会とは無関係で、教団を脱会した後に金目当てで起こした事件でした。近いうちに死刑が執行される予定でしたが……』

「死刑の執行は本人にも家族にも事前に告知されませんよね？　どこから情報が洩《も》れたんでしょうか」

『それはわかりません。ただ、従わなければ、家族にも危害を加えると脅迫文に書かれています。千尋坊ちゃんが狙われる可能性も高いです。念のため、注意しなさい』

「承知しました」

短く答え、八木は電話を切った。千尋にも報告しておくべきか。車を離れ、主を追いかけながら、八木は「千尋さん」と声をかけた。

千尋がこちらを振り返った、そのときだった。夕日に照らされている彼の痩身が跳ねた。赤い液体が噴き出し、ゆっくりと倒れていく。戦場で何度も見たことのある光景に、八木は血の気が引いた。

千尋が、撃たれた。

スナイパーライフルによる遠距離からの狙撃。警護対象者の負傷。最も恐れていたことが起こってしまった。八木はすぐに駆け寄り、千尋の体に覆い被さった。「千尋さん、大丈夫ですか、千尋さん」

「……ボクから見て九時の方向、四百メートルくらい先にある、あのビルかな……たぶん」

「わかってます」

幸い急所は外れている。あのとき、自分の呼びかけに応じて千尋が振り返らなければ、弾は心臓のど真ん中を貫いていたはずだ。相手は確実に千尋を殺すつもりで撃っている。この場に留《とど》まるのは危険だ。止《とど》めを刺してくる可能性が高い。

一発目を発射した直後、銃身が跳ね上がってから再び狙いを定めて次弾を撃つまでには暫しの猶予がある。その間にここから離れなければ。八木はすぐに千尋の体を抱え上げ、車へと走った。スコープアウトするよう不規則な軌道で駆け回り、車のドアを開けて遮蔽を作ってから、千尋を後部座席に寝かせる。運転席に移動して「このまま病院へ向かいます」と言葉をかけると、苦しげな呻き声が返ってきた。「……安全運転で頼むよ」

「黙ってないと舌嚙みますよ」

アクセルを踏み込む。逃げる二人を追いかけるように次の攻撃が襲ってきた。車体に二発目の弾丸が埋まる。八木はさらに加速した。いくら致命傷ではないとはいえ、このまま出血が酷ければ取り返しがつかなくなる。赤信号を無視して交差点を突き進むと、後方でクラクションの甲高い音が鳴り響いた。青白い顔をした千尋が「病院に着く前に、交通事故で死にそう」と力なく呟いた。

「黙ってろって言ってるだろ」と語気を強めたときには、すでに千尋は意識を手放していた。

「――外した」

低い声で告げると、隣にいる男がこれみよがしにため息を吐いた。「もう、勘弁してくださいよぉ」と口を尖らせている。再び覗き込んだスコープの中に標的の姿はない。二発目のクリードモアは車体にめり込んだだけで、十分な足止めにはならなかった。

「五日も張り込んだのに、無駄になっちゃったじゃないですか」

「まあ、そういう日もある」

「あったら駄目でしょ」と、男は反論した。後輩のくせに生意気な口を叩く。「腕が鈍《なま》ったんじゃないですか？　元陸自のスナイパーも歳には勝てませんね」

「スポッターが悪いせいだな」

「あ、責任転嫁ですか」後輩はからかうように笑った。「峰岸《みねぎし》さんの手が震えてるせいでしょう」

「俺の手が震えてたのは十年も前の話だ」

小競り合いを続けている場合ではない。「どうします？　応援呼びます？」と後輩が提案する。

「いや、一旦引こう」

撤収だ。ライフルを詰め込んだケースを肩に担ぎ、階段で地上へと向かう。路肩に駐車している車に乗り込んだ。

すぐに発進する。助手席に座る後輩が首を捻った。「狙撃なんて面倒なことしなくても、政治家を消す方法なんていくらでもあるのに」

「また消火装置に頼るのか？ お前の手口の方が面倒だよ」

「あれ、名案だったじゃないですか。見事に事故死として処理されたし」

「今回は事故死じゃ意味がないんだ。何のために法務大臣に脅迫文を送ったと思ってる」峰岸は鼻で嗤った。

「帝国教会の仕業に見せかけるためでしょう、わかってますよ」

しばらく車を運転し、

「それにしても」と、峰岸は呟いた。先刻の狙撃を反芻する。標的の傍に寄り添っていた黒服の男のことが気になっていた。「あの男、何者だ？」

「秘書でしょ」

「いや、あれはただの秘書じゃない」

主人が狙撃されたというのに、あの男は冷静だった。次の攻撃を警戒しながら最善の方法で退避していた。並大抵の議員秘書にできる芸当ではない。あれは秘書というよりかは、ボディガードだ。さすがは法務大臣の息子、いい弾避けを雇っているなと感心すら覚えた。

「俺たちの元同僚かもしれませんね」という後輩の言葉に、峰岸も頷く。軍隊や特殊部隊に籍を置いていた過去があるのかもしれない。

おかげで任務は失敗してしまった。隣で後輩が文句を連ねる。「ボスへの連絡は峰岸さんがやってくださいよ。僕、嫌ですからね。『しくじりました』なんて報告したら、絶対あの人機嫌悪くなるでしょ」

「そうだな、始末書くらいで済めばいいが。最悪の場合、始末されるな」

最悪、と後輩は身震いした。

長い間独りで仕事をしてきたせいか、自分のテリトリーに他人がいることに未だ慣れない。オフィスのデスクで溜まりに溜まった事務仕事を片付けていると、賑《にぎ》やかな声が飛んできた。荒川ローサが腹を抱えてげらげらと笑っている。テレビのバラエティ番組を観《み》ているようだ。気が削がれてしまい、槙小百合は作業の手を止めた。

「随分楽しそうね」

ローサはこちらに顔を向け、手招きした。「小百合ちゃんもこっち来なよ。一緒に観よう」

「そうしたいところだけど、仕事があるの」

すると、ローサは「そっか、大変だね」と他人事《ひとごと》のように答えた。テレビを消すわけでも仕事を手伝うわけでもない。この女には嫌みも皮肉も通じないようだ。小百合は椅子から立ち上がり、リモコンを手に取った。ボタンを押してテレビを消すと、ローサが抗議の声をあげた。「ちょっと、何すんだよ」

「静かにしてて。集中したいの」

「わかった、わかった。音、小さくするから」

小百合の手から、今度はローサがリモコンを奪う。テレビの電源を入れて音量を絞った。再び番組を食い入るように見つめては、手を叩いて大笑いしている。

「……あなたの音量が大きいのよ」

これでは仕事にならない。小百合は諦め、ソファに腰を下ろした。テレビに夢中になっているローサを横目で見遣り、ため息を吐く。そんなに面白いのかと小百合も番組を注視してみたが、笑えるところは一つもなかった。

「何が面白いの？」

率直に尋ねると、ローサは「わかんない」と笑った。

「でも、何か楽しいんだよね、テレビ観るの。ほら、ムショにいたときには、好きな番組観せてもらえなかったから」

要するに、彼女は娑婆の生活を噛みしめているわけか。なるほど、と小百合は呟いた。「そういうものなのかしら」

「ここに出てるタレントも芸人も、全員知らねえんだよ。たった三年でこんなに新しい奴が出てくるなんて、芸能界って入れ替わり激しいよなぁ」

しみじみと語った、そのときだった。不意にテレビから通知音が流れた。ニュースの速報だ。能天気な地方ロケが続いていた画面の上部に、短文のテロップが表示されている。その文章を見て、小百合は息を呑んだ。

――進民党・松田千尋衆議院議員が狙撃され、意識不明の重体。

「えっ」と、ローサも隣で驚きの声をあげた。「ねえ、これって、松田センセーのことだよね？」

小百合はすぐに電話を掛けてみたが、千尋の応答はなかった。音声アナウンスが流れるだけだ。秘書の八木とも連絡がつかない。二人とも取り込み中のようだ。「どうやら、そのようね」

「……狙撃って、マジかよ」ローサは眉を顰めている。「誰がやったの」

さあ、と小百合は首を捻る。職業柄、敵は少なくないだろうし、おまけに千尋は厄介な事件に自ら首を突っ込む性質《たち》だ。彼の存在を疎ましく思っている大勢の人間の中から見当をつけるのは難しいだろう。

速報のテロップには、千尋は都内の病院に運ばれて手術中、と記されていた。「とにかく今は、手術の成功を祈るしかないようね」という小百合の言葉にローサは無言で頷き、テレビの電源を切った。さすがにバラエティ番組を観る気分ではなくなったようだ。


霞が関にある本庁舎の十四階でエレベーターを降りた。このフロアには警視庁公安部公安総務課――通称「公総」のオフィスがある。公総は過激な活動を行う反社会的組織を総じて取り締まるセクションで、宗教団体の信者から共産主義シンパ、環境保護団体や人権団体、軍需産業まで視察対象は様々だ。反社会的組織に限らず、近年では政界に関する情報も幅広く収集していた。また、二・二六事件のようなクーデターの再発を防ぐため、自衛隊や警察組織にも目を光らせている。

蒲生望はこの課に所属し、これまでは帝国教会関連の捜査を担当していた。分派である宗教法人グロリアの動向を監視する加藤班の一員として、信者の木場誠司の行動確認や情報提供者の獲得作業を行っていた。

ところが、その木場が先日、死亡した。加藤班は解散となり、蒲生は急遽、別班の応援に入ることになった。今日から世話になる吉岡《よしおか》班は、元警察官や元自衛官を視察対象としているチームだった。

上司に挨拶を済ませた蒲生は、オフィスの隅の空いている席を割り当てられた。机の上にはファイルの山が積み上げられている。中身はすべて、過激な思想を持っている可能性のある要視察対象者に関する資料だった。着任初日は、現時点で課がマークしている危険人物のデータを頭に叩き込め、ということらしい。それにしても、量が多い。ファイルの数を見るだけでうんざりした。すべてに目を通すにはかなりの時間を要するだろう。

蒲生は心の中でため息を吐き、一枚目を開いた。男の顔写真と経歴、基礎調査の報告書に目を通す。名前は峰岸和史《かずふみ》。年齢三十八歳。爬《は》虫類《ちゆうるい》のような鋭い眼光の写真がこちらを睨んでいる。峰岸は自衛官だったが、十年前に懲戒処分を受けているようだ。理由は度重なる職務中の飲酒。重度のアルコール依存症で、除隊後は回復支援施設に入所している。酒断ちに成功してからは民間の警備会社に就職したようだ。自衛官時代から過激な思想を持っていたようで、退職から十年が経った今でも公安に目を付けられている。

一読し、あらかた頭に叩き込んだところで、蒲生は次のファイルを手に取った。今度は元警察官に関する資料だった。名前は大津《おおつ》祥平《しょうへい》、三十二歳。新宿署の巡査長だったが、児童買春で懲戒免職。その後の就職先は明記されていない。細い一重の目に大きな鼻。分厚い唇。見覚えのある容貌だった。新宿署の元警察官ということは、もしかしたら同僚だった時期があるのかもしれない。そう睨んで経歴を確認したが、予想は外れた。蒲生が新宿署に飛ばされる前に大津はクビになっている。勤務先が被っている期間はなかった。

この男を以前にどこかで見たのは間違いない。蒲生は思い出そうと顔写真を注視した。以前にどこかで会ったことがある？　……いや、違う。会ってはいない。この男を見たとき、彼はすでに死んでいたのだ。そうだ、と蒲生は呟いた。思い出した。あの死体だ。誠仁会と木場の会社が密造銃の取引をしていた、あの現場。女探偵が撮影した写真の中に、この男がいた。

槙小百合の話では、取引に奇襲を掛けたのは三人組の男だったという。そのうちの一人、反撃されて死んだ男が、この大津祥平だったのか。それにしても、元警察官がどうして密造銃の横取りに加担したのだろうか。狙いは一体何なんだ？

いくら考えを巡らせても結論には辿り着かなかった。情報が足りない。あの国会議員なら何か知っているかもしれないと思い立ち、蒲生は腰を上げた。松田千尋に電話を掛けようとオフィスを出て、人気のない場所を探す。エレベーター前に移動している途中、廊下で二人の公安部員とすれ違った。「おい、ニュース見たか？」と、男が興奮気味に話している。

「政治家の先生が撃たれたらしいぞ」

「政治家？　誰？」

「ほら、あいつ。松田大臣の息子」

蒲生は思わず振り返った。今、何と言った？　松田大臣の息子が撃たれた？　目を剝き、小さくなっていく二人組の背中を見つめる。話の真偽を確かめようと、蒲生はすぐさま千尋の番号に電話を掛けた。

『なにか御用ですか？』

電話に出たのは千尋ではなかった。彼の秘書だ。眼鏡を掛けた大男の、あの澄まし顔が頭に浮かぶ。

「松田先生は？」

『千尋さんは今お忙しくて、手が離せないんです。用件があるのでしたら私が伺いますが』

「撃たれたって話は本当だったのか」

『……』

秘書が黙り込んだ。どうやらガセではないらしい。彼は少し苛立ったような声色で言った。『病院には口止めしておいたのに、どこから洩れたんでしょうか』

蒲生は声を潜めた。「それで、大丈夫なのか？」

『今は手術中です。あまりいい状態とは言えませんね』

声に動揺の色が見受けられる。あの落ち着き払った議員秘書でも、さすがに主の狙撃は堪《こた》えているようだ。

「誰にやられたんだ？」

『わかりません。それを突き止めるため、あなたにも手伝っていただきたい』

「どういうことだ？」

『今から監視カメラの映像を送ります。そこに映っている二人の男の身元を調べてください』

わかった、と蒲生が返事をするよりも先に、秘書が告げる。『では、失礼いたします。これから警察の事情聴取がありますので』

通話が切れた。直後、蒲生のアドレスにメールが送られてきた。ファイルが添付されている。秘書の言葉通り映像のデータだった。隠しカメラでホテルの一室を撮影したものだ。インテリアや壁紙に見覚えがある。

「このホテル……グランドロイヤルか」

間違いない。ホテル・グランドロイヤル東京。前に宮崎涼花と一度訪れたことがある。蒲生は映像の続きを注視した。中央にバスローブ姿の男が映っている。風呂上がりのようだ。タオルで頭を拭いている。よく見れば、その男は保坂祐介だった。進民党の衆議院議員である。そういえば、パワハラのスキャンダルが発覚して以降、保坂は行方を晦ましていた。このホテルに隠れていたのか。

しばらくすると、保坂が部屋に人を招き入れた。制服を着たホテルの従業員らしき二人組が中に入ってくる。ルームサービスのように見えたが、次の瞬間、その二人は保坂に襲い掛かった。何度も殴りつけて気絶させ、部屋の外へと運び出す。何が起こっているんだ、と蒲生は目を見張った。保坂はマスコミから逃げているのではなく、拉致されていた？

　あの秘書は二人組の身元を調べろと言っていた。保坂を拉致した男たちが、今回の松田千尋の狙撃に関係しているのだろうか。さらに深まる疑問に頭を悩ませつつ、蒲生はオフィスへと早歩きで戻った。


　翌朝もニュース番組は若手衆議院議員の狙撃事件で持ち切りだった。続報によると千尋の手術は無事に終わったが、まだ意識は戻っておらず、今なお危険な状態にあるという。テレビを見つめながら、ローサは「大丈夫かな、センセー」と呟いた。

「男嫌いなのに、千尋くんのことは心配してあげるのね」デスクで仕事をしていた小百合は手を止めて言った。

「……まあ、あいつには恩があるし」

　千尋には二度助けられている。姉の幸せを守ってくれたし、保坂がローサを攻撃できないよう手回ししてくれた。いくら男嫌いでも、自分に良くしてくれた男の不幸を願うほど捻くれた性格はしていない。

「千尋くんなら大丈夫よ」と、小百合は励ますように告げる。「ああ見えて、結構タフな子だから」

「そうなの？」

そうは見えなかった。線が細く、少しぶつかっただけで骨が折れてしまうのではないかと思うほど、か弱そうな印象だ。

「彼、野球やってたのよ」

「え？　あの顔で野球？　似合わねえ」

ローサは思わず笑ってしまった。一度も日に当たったことがないような白い肌をしているくせに、野球が趣味とは意外だ。

小百合と千尋は長い付き合いのようだ。どのようなきっかけで知り合ったのだろうか。ふと気になり、ローサは尋ねた。「ねえ、小百合ちゃんと松田センセーって、どういう関係なの？」

訊かれ、小百合は少し困ったような表情を浮かべている。端的に説明すれば、という前置きを入れてから答えた。「昔の恋人の友人、ってところね」

元恋人が探偵だった、と前に小百合が話していたことを思い出す。俄然《がぜん》、興味が湧いてきた。「その昔の恋人って、どんな奴？」

「もういいでしょ、その話は」

「今は恋人いるの？」

「ローサ、やめなさい」

「いいじゃん、教えてよ――」

小百合に詰め寄った、そのときだった。事務所のドアがノックもなく開いた。中に入ってきたのは見たことのある顔だった。眼鏡を掛けた大柄な男。確か、名前は八木だったか。ローサは目を丸くし、相手の顔を指差す。「あんた、松田センセーの秘書じゃん。どうしてここに？」

八木はローサを無視し、小百合に声をかけた。「少しお時間を頂いてもよろしいですか。お話ししたいことがあります」

「私もよ」

と、小百合は彼を奥へ招き入れた。促され、八木はソファに腰を下ろす。よく見れば、彼の右頬には青痣《あおあざ》ができていた。「その顔、どうした？」

「義父に一発殴られまして」

「なんで？」

「守れなかったからです。ご存じかと思いますが、千尋さんが撃たれました」

狙撃のことは日本中が知っているだろう。ローサと小百合は揃って頷いた。

「センセー、大丈夫なのかよ」

八木の表情が曇った。「わかりません。厳しい状態です」

「それなら、傍に付いててやった方がいいんじゃねえの？」

「私は医者じゃありませんから、病院にいても役には立てません」と、八木は淡々と答えた。主人のピンチだっていうのに冷めた奴だな、とローサは眉を顰めた。

淹れ立てのコーヒーを来客に差し出しながら、小百合が本題に入る。「それで、話したいことって？」

「帝国教会から、松田大臣宛てに脅迫状が届きました。元信者の死刑執行を取りやめなければ家族に危害を加える、と」

政治に関してはからっきしで、何の話をしているのかさっぱりわからないでいるローサに、小百合が嚙み砕いて説明してくれた。何でもその松田大臣というのは千尋の実の父親で、法務大臣という役職の偉い政治家らしい。囚人の死刑執行は、その法務大臣に決定権があるのだという。

「その脅迫文が届いた直後に、千尋さんが狙撃されました」

タイミング的には、法務大臣を脅すために息子を利用したように見える。「ってことは、センセーを撃ったのは帝国教会の人間か？」

「そう考えるのが普通ですが、どうも違和感が」八木は釈然としない表情を浮かべている。気になることがあるらしい。「千尋さんはマンションの前で撃たれました。オートロックのセンサーがキーに反応し、ドアが開くまで少し間があります。一瞬だけ足が止まる、その僅かな瞬間を狙われた。おそらく、四百メートル先のビルから」

狙撃の瞬間を思い返し、八木の顔つきが険しくなった。その表情には反省と後悔の色が見られる。

「私がご自宅にお邪魔するときは、一緒に地下の駐車場からエレベーターに乗り、傍に付いてお部屋までお送りしています。ですが、千尋さんが一人になりたいと仰ったときは、同行しません。車を降りてからマンションのエントランスまで徒歩で向かう間は無防備だ。最も仕留めやすいタイミングを知られていた。犯人は少なくとも数日は張り込み、千尋さんの帰宅時の様子を観察していたと思われます」

すると、

「確かに、変ね」

と、小百合が首を捻った。ローサにはわからなかった。「何が変なの？」

「帝国教会が過去に起こした事件は、無差別テロと暴行殺人よ。政治家の脅迫に狙撃なんて、そんな繊細で辛抱強い真似ができるとは思えない」

八木が「その通りです」と肯定する。

「要するに、あなたはこう考えているのね。千尋くんを消そうとしている誰かが、帝国教会の名前を騙って、父親の松田大臣に脅迫状を送り付けた、って」

八木が首を縦に振った。「あの弾丸の軌道は確実に命を狙っていました。千尋さんが動かなければ、弾は心臓のど真ん中を貫いていたはずです。脅しにしてはやり過ぎでしょう」

「帝国教会の仕業じゃないっていうなら、誰がやったんだ？」

「昨日、警察の事情聴取を受けました。狙撃の件と――」八木が口にしたのは意外な名前だった。「保坂議員の件で」

「保坂？　なんで保坂？」

「保坂議員が失踪したんです。彼が最後にいた場所が、千尋さん名義で予約していたホテルの部屋だったので、私が事情を聞かれることに」

「失踪？」ローサは鼻で嗤った。「マスコミに追いかけ回されて、逃げただけなんじゃねえの」

「そうだとよかったんですがね」

含みを持たせた言い方をして八木は鞄からタブレット端末を取り出すと、ローサたちに動画を見せた。隠し撮りした映像だ。そこに映っているのは、見覚えのある高級ホテルの一室。バスローブ姿の保坂が濡れた髪の毛を拭いているところから、従業員の格好をした二人組に襲われるところまでの一部始終を、はっきりとカメラが捉えている。「保坂はこの二人に拉致されたようです」と八木が告げた。

端末を手に取り、小百合が画面を睨みつけた。拉致される瞬間を何度も巻き戻しては再生し、呟くように告げる。「……この二人、取引を襲った男たちに似ているわ」

「取引？」

八木が尋ねた、そのときだった。再び事務所のドアが開いた。現れたのは、またも顔見知りだった。蒲生という名前の公安の男だ。

「オッサン、どうしてここに？」

ローサが訊くと、蒲生は八木を指差した。「そいつに呼ばれたんだよ。ここに来るようにってな」

「あなたたち、知り合いだったの？」蒲生と八木の顔を見比べ、小百合が目を見張った。

「驚いた」と、八木は少しも驚いていない表情で言った。「こちらの台詞ですよ。どういうご関係なんですか」

蒲生は苦笑を浮かべ、言葉を濁した。「まあ、いろいろあってな」

「——つまり、その密造銃の取引現場でばったり会った、ということですか」

「そうなの」蒲生と知り合った経緯を、小百合たちは互いに説明し合った。「それにしても、千尋くんも手が早いわね。さっそく公安の人間を引き込むなんて」

新たな来客の分のコーヒーを淹れながら、小百合は頭の中で状況を整理した。蒲生は千尋の協力者であり、互いに情報のやり取りをしている間柄だ。その蒲生に、八木は例の二人組——保坂を拉致した男たち——の身元調査を頼んでいた。千尋が信頼している公安の捜査員であると紹介するつもりで、八木は蒲生を探偵事務所に呼びつけたそうだが、小百合たちはすでに蒲生と面識があった。事情を知った八木は、世間は狭いですねと唸った。

「言われた通り、二人の男を調べてきた。ホテルの映像を顔認証で照合したら、うちのデータベースにヒットしたぞ」

「ということは、前科者なの?」

蒲生が首を横に振る。うちというのは警察ではなく、公安を指しているらしい。

「元自衛官だ。公安総務課のマル自《じ》が視てる要注意人物だよ。資料は持ち出せなかったが、情報は書き写してきた」と答え、蒲生がメモを読み上げる。「一人は、山口信介《やまぐちしんすけ》。三十五歳。元・2等陸曹。二年前に面識のない相手を殴ってクビになってる。保坂の部屋に最初に入ってきた、背の低い方だ。もう一人は、岩田秀俊《いわたひでとし》。四十三歳。元3等陸尉だ。こっちは自ら辞めてる。若い頃は反政府運動や労働運動に顔を出していたらしい。活動家との交友関係も切れていない」

岩田と山口。彼らには見覚えがある。誠仁会の取引現場に現れた男たち。戦闘に長《た》け、その場にいた人間を手際よく始末していく様は、まさに軍人そのものだった。彼らの顔を、小百合ははっきりと見た。間違いないと自信をもって言える。「柳瀬たちを襲ったのは、この二人よ」

「だろうな」蒲生が頷き、付け加える。「例の取引を襲撃した三人組のうち、一人が撃たれて死んだだろ？　死体の身元も調べたが、そいつも公安が視てる奴だった。名前は大津祥平、三十二歳。元・所轄の巡査長。児童買春で懲戒免職になってる」

「ってことは」ローサが口を挟んだ。「自衛隊とサツだった男たちが、協力して取引現場を襲って密造銃と金を横取りした、ってこと？」

「良からぬ組織に再就職したのかもな。辞めた自衛官の再就職は結構シビアだって聞くし。まあ、警察も似たようなもんだが」

「私の知り合いにもいましたね。除隊したはいいけど、働き口が介護職しか見つからず、中東に渡って傭兵になった元自衛官が」結局、戦場で命を落としましたが、と八木は付け加えた。

「前科者なら尚更、雇ってもらえないだろうなぁ」自身と重なって見えたのか、ローサは呟くように言った。

再就職に困っている元警官や元自衛官をリクルートし、犯罪行為に加担させているとしたら——その黒幕は何者で、目的はいったい何なのだろうか。

「保坂議員が拉致された直後に、千尋さんが狙撃された。進民党の若手二世議員が連続で襲われているんです。偶然とは思えない」

確かに、と小百合は思った。その連中が陸自やＳＡＴのような組織に所属していた元スナイパーをスカウトし、千尋を狙撃させた可能性もある。岩田たちの身辺を探っていけば、そのうち狙撃犯の正体に辿り着くかもしれない。

「まずは、この三人を調べてみましょう。何か手掛かりが掴めるかもしれないわ」という小百合の提案に全員が賛同し、手分けして調査することになった。さっそく蒲生がメモ紙を配る。岩田秀俊、山口信介、大津祥平、その三名の現住所を書き留めたものだ。小百合が受け取った紙には岩田の住所が書かれていた。ローサが担当するのは山口。蒲生は「大津は俺が。元同僚だしな」と告げた。

「皆さん、お気をつけて」と、八木が椅子から立ち上がった。「私はお先に失礼します。結婚式があるので」

「はあ？」ローサが眉根を寄せた。「結婚式ぃ？」

「川島電器の御曹司の披露宴ですよ。千尋さんが招待されているので、私が代理で出席しようかと。ご祝儀も届けなければなりませんし、会場に空席を作るわけにはいきませんからね」

紆余《うよ》曲折《きょくせつ》はあったが、川島恵太と山室麻衣――正体は荒川アンナだが――は無事に挙式まで漕《こ》ぎつけたようだ。「それはおめでたいわね」と小百合は目を細めた。

「花嫁の写真、撮ってきましょうか？」

という八木の言葉を、ローサは「いらねえよ」と一蹴した。気になるくせに。素直じゃない。小百合は肩を竦めた。蒲生が「何の話をしてるんだ」と首を捻った。

山口信介の自宅は新宿区内にあるアパートだった。築四十年以上は経っているだろう二階建ての古い建物。一階の右端の部屋が山口の自宅らしい。扉に耳を当て確認するも、中に人がいる気配はなかった。念のためインターフォンも押してみたが反応はない。留守のようだ。

ローサはアパートの裏側に回り込んだ。指紋が付かないよう、用意していた軍手を装着した。ベランダの柵をよじ登り、窓から中を覗き見る。やはり人はいない。

さて、やるか。

息を吐き、気合を入れる。次いで上着を脱ぎ、右肘を包むようにぐるぐる《くる》と巻き付けた。ガラスが刺さらないよう布で保護した肘で窓の端を思い切り叩く。ガラスが割れ、窓に小さな穴ができた。手を切らないよう慎重に腕を差し込み、鍵を開ける。完全なる不法侵入だ。通報されたら刑務所に逆戻りだろう。

六畳一間の空間はがらんとしていた。まるで生活感のない部屋だ。畳の部屋にテレビとパイプベッド、スチール製のローテーブルが置いてあるだけ。ちぐはぐで、何とも居心地が悪い空間だった。山口はインテリアには興味がないようだ。

物が少ない分、家宅捜索は楽だった。ローサは押入れを開けた。中はすっきりと片付いていて、あるのは透明の収納ケースが二つだけ。一つには衣服が入っている。Tシャツ、トレーナー、パーカー。どれもシンプルなデザインで、同じような色合いだった。山口はファッションにも興味がないらしい。

もう片方のケースには、ファイルが三つ入っていた。その中の一つを手に取り、開く。中身は特定の人物に関する資料だった。大量の写真も添えられている。そこに写っている顔は、ローサも知る人物だった。

保坂だ。

進民党衆議院議員・保坂祐介。殺したいほど憎んでいる相手の顔を、まさかこんなところで目にすることになるとは。

残りの二つのファイルにも、それぞれ別の男に関する資料が入っていた。この二人の方は見覚えがなかった。歳は三十前後くらい。どちらも上品なスーツ姿で、エリート然とした風貌をしている。理由はさておき、山口はこの三人の男について調べていたようだ。ローサは三つのファイルを小脇に抱え、玄関から部屋を出た。

蒲生は庁舎へと戻った。エレベーターに乗り、向かった先は公安のオフィスではなく、証拠保管庫。大津の自宅はとっくに警察が捜索済みだろう。証拠品もすでに押収されているはずだ。

手続きを済ませてから、しばらく保管庫の中を歩き回っていると、大津の所持品が入った箱に辿り着いた。中には、スマートフォンやキーケースなどのいくつかの小物に加え、自宅から押収したらしい本や雑誌、パソコンなども入っていた。蒲生は手袋をはめ、中身を漁った。特に手掛かりになりそうなものは見当たらなかった。

箱をひっくり返すと、奥から二つの冊子が出てきた。そのうち一つは無料の求人情報誌だ。蒲生はぱらぱらと中を捲《めく》り、いくつかのページの端が折られていることに気付いた。表紙を確認したところ、求人誌の日付は半年ほど前のものだった。辞めさせられて数年が経つが、大津は今も職探しをしていたようだ。

もう一つの冊子は、結婚式場のパンフレットだった。まさか、と眉を顰める。大津には結婚する予定が？　交際している相手がいたというのか？　結婚を考えている相手がいるのに、買春行為を？　なぜ、せっかくの職を棒に振るような真似をしたんだろうか。さらに疑問が浮かぶ。

警察を辞めた後に恋人ができたのか。それとも、児童買春というのは建前で、本当は別の理由で辞めさせられたのか。

ここで考えても埒《らち》が明かない。捜査を担当した刑事に話を聞くか、と思い立つ。埠頭での事件は暴力団同士の抗争として処理されている。組織犯罪対策部を突けば何か得られるかもしれない。組対にはあまりいい思い出がないが、今回は致し方ない。蒲生は証拠保管庫を後にした。

岩田秀俊の現住所は世田谷区《せたがやく》と記されていた。蒲生のメモを頼りに、小百合は愛車を走らせた。辿り着いたのは一軒家だった。二階建ての家で、表札には『岩田』の文字。傍にあるガレージのシャッターは人が通れるほどの高さまで開いていた。考え過ぎかもしれないが、まるで自分を招き入れようとしているかのように思えてならなかった。

しばらく家を観察していると、玄関から女が出てきた。年齢は四十代くらいで、化粧はしていない。近所のスーパーにでも行くところなのか、腕に買い物袋を提げていた。岩田の妻だろうか。

「うちに、何かご用でしょうか？」

小百合と目が合い、女が尋ねた。

「どうも、すみません」小百合は困ったような声色で告げる。「うちの猫が、おたくのガレージの中に入ってしまったようで……中を探しても構いませんか？」

するど、女性は笑顔で頷いた。

「ああ、そうでしたか。構いませんよ。どうぞ入ってください。ガレージは主人の趣味部屋みたいなもので、たいしたものは置いてませんから」

「勝手に入って、気を悪くされませんか？　ご主人は今どちらに？　おうちにいらっしゃるなら、事情を説明して、許可をいただければ——」

いえいえ、と女は手を振った。「主人は今、出掛けておりまして。でも、大丈夫ですよ。うちも猫を飼ってるんで。気を悪くすることなんて、ありませんから」

「そうでしたか」小百合は愛想笑いを浮かべた。「それは助かります」

頭を下げた小百合に、女も会釈を返した。「じゃあ、私は買い物に行くので。あとはご自由に」

「お言葉に甘えて、お邪魔しますね」

女と別れ、小百合はシャッターを潜った。電気のスイッチを入れると、電球が剝き出しになったペンダントライトに光が灯《とも》った。明るくなったガレージの中を注意深く観察する。中央に車が一台。赤のミニクーパーだ。そういえば昔付き合っていた男も同じ車に乗っていたな、と小百合は余計なことを思い出してしまった。

岩田は自転車に乗るのが趣味らしい。棚の上にはカラフルなヘルメットが並んでいる。たいしたものはないという妻の言葉は間違いだ。夫の趣味を深く理解していないだけで。壁に掛けてある二台のロードバイクは、ツール・ド・フランスなど世界最高峰のレースで使用されているモデルで、どちらも百万円を超える高級品。お宝を保管しているガレージを施錠せず、おまけにシャッターを開けたまま出掛けるなんて、盗難にでも遭ったらどうするのだろうか。いくらなんでも無防備過ぎる今の状態に、小百合は違和感を覚えた。

奥には作業台と椅子があった。コーヒーメーカーも置いてある。ここで一服しながら、ゆっくりと自分の時間を過ごすのが退官してからの岩田の日課だったのかもしれない。台の上にはいくつかの紙が散らばっていた。小百合はそれを手に取った。何かの設計図のようだ。バイクの他に、岩田にはクラフト系の趣味もあったのか。

しばらく図面を眺めているうちに、小百合ははっとした。これが何を作るためのものなのかに気付いた瞬間、さっと血の気が引いた。携帯端末を取り出し、設計図を撮影する。

ガレージの外に出ると、ちょうど妻が帰ってきた。手に提げた買い物袋が一杯になっている。小百合は「すみません、また逃げられました」と眉を下げた。

「見つけたら連絡しましょうか？　連絡先を教えていただける？」

「そうお願いしようと思って、ガレージの中に名刺を置いてあります。もしまたうちの猫が入ってきたら、携帯の番号にご連絡いただければ」

「ええ。主人が帰ったら、伝えておきますね」

頭を下げ、小百合は踵を返した。車に乗り込みながら心の中で呟く。――あなたのご主人、もう帰ってこないかもしれません。


「――そろそろ時間だな」

地下駐車場に黒のワゴン車を停め、腕時計を一瞥する。行くぞ、と声をかけて岩田は運転席を降りた。数人の男が後に続く。岩田を除く全員が黒いベストと白いシャツを着用している。下はスラックス、首元には蝶《ちょう》ネクタイ。それぞれ目的は違えど、全員の瞳にこの計画をやり遂げる確固たる意志が漲《みなぎ》っている。

地下にある従業員用の通用口をノックする。中で待っていた仲間が扉を開け、岩田たちを招き入れた。一人を出入り口の見張りに残し、通路を進む。その先には警備員室がある。

仲間のカードキーを使い、部屋のロックを解除する。岩田が合図すると、広瀬《ひろせ》たちが先に部屋に突入し、中にいる二人の警備員に襲い掛かった。気絶した警備員の制服を脱がし、関《せき》と吉田《よしだ》がそれを身に着けていく。他の者は荷物の中から結束バンドを取り出し、警備員の手足を縛る。

その間、岩田は警備室のモニターを見つめた。会場内のあらゆる場所に設置されている防犯カメラの映像を確認する。事前に従業員として数人の仲間を潜り込ませておいた。入り口付近やロビー、廊下の防犯カメラに仲間の姿が映っている。

そのとき、鈍い音が響いた。仲間の一人がバッグを壁にぶつけたようだ。

「おい」岩田は鋭い声で注意した。「取り扱いには気を付けろよ」

「すみません」

地下一階に人がいないことを確認してから、

「行くぞ、次は厨房《ちゆうぼう》だ」

岩田たちは上のフロアへと向かった。階段を上り、通路を進むと、調理場が見えてくる。あくせく働いているコックたちは、タキシード姿の岩田に気付くと揃って手を止め、眉を顰めた。

「お客様」と、年嵩《としかさ》の調理師が口を開く。「申し訳ございませんが、こちらは立ち入り禁止で――」

タキシードの上着を捲《まく》り、岩田は拳銃に手を伸ばした。銃を向けられたコックたちは絶句している。青ざめながら両手を上げている彼らを拘束していく。手足を縛り、口をテープで覆った。一人ずつ運び出し、隣接している厨房スタッフ用の休憩室に放り込む。棚を動かして外からドアを塞いだ。ここまでは計画通りだ。

「よし、始めようか」

岩田の合図に仲間の男たちは頷き、四散した。


「岩田のガレージで、爆弾の設計図を見つけた」

それぞれ調査を終えてから再び槙小百合探偵社に集まり、情報を共有する。最初に報告したのは小百合だ。岩田秀俊の自宅の捜索を担当した彼女は、携帯端末で撮影した写真を蒲生に見せた。そこにはたしかに爆弾の設計図らしきものが写っている。

「……プラスチック爆弾か」

蒲生が呟くと、ローサが目を丸くした。「オッサン、爆弾のことわかんの？」

「これでも公安だぞ」蒲生は鼻を鳴らした。「プラスチック爆弾の最大の利点は、いくらでも偽装が可能で、爆弾だと気付かれにくいことだ。おまけに気温の変化で変質しにくい」

「どこに仕掛けているか、見つけ出すのは難しそうね」

「ああ。探知犬でもいない限りは」

蒲生は端末を受け取った。指で画像を拡大し、さらに詳しく設計図を視る。油脂に練り込まれた爆薬と起爆用雷管、時限装置となる市販のデジタル時計。即席爆発装置――通称IEDと呼ばれるお手製の爆弾だ。オーソドックスな作りだが、それにしても、と首を捻る。「建物に仕掛けるには小型過ぎるな。使用している爆薬は数百グラムほどだが、その爆風だけでは建造物の破壊は厳しい」

しかしながら、この設計図によると、爆弾はガラス製のケースのようなものに入れられている。爆発の衝撃でガラスの破片を四方に飛び散らせることで、殺傷能力を高めていることを蒲生は指摘した。

「要するに、狙いは建物じゃなくて、人ってこと？」

「そうだ」

建物を爆破するなら、もっと大量の爆薬が必要になるだろう。この設計図のようなグラム単位では不可能だ。

「問題は、誰を殺すつもりなのか、だが……」

「もしかしたら、こいつらかも」と、今度はローサが口を開いた。テーブルの上に三つのファイルを並べる。「山口の家に、このファイルがあった」

ファイルにはそれぞれ別の人物に関する情報がまとめられていた。そのうちの一つは保坂祐介。彼の自宅や職場、日々のスケジュールなど、基礎調査や行動調査の報告書が写真とともに綴られている。まるで公安の人間が調べたのかと思うほどの綿密さだった。

もう一つのファイルは三条翔《さんじょうしょう》という名の男のものだ。ファイルを見て、ぴんときた。三条元警視総監の孫だ。蒲生は顔写真を指差した。「この男、知ってるぞ。警察のキャリア官僚だ」

「こっちの男も知ってるわ」と、残りのファイルを開いた小百合が声をあげる。「川島恵太よ。川島電器の社長の次男」

蒲生は三人のファイルを見比べた。保坂祐介、三条翔、川島恵太――三人のエリートをここまで調べ上げ、いったい何を仕出かそうというのだろうか。

「保坂は、岩田たちに連れ去られたんだよな?」ローサが首を傾げた。「残りの二人の男も、同じように拉致するつもりなんじゃね?」

「可能性は高いでしょうね」

と、小百合が頷く。その意見には蒲生も同意だった。

「だとしたら、何が目的だ？　元警察トップの孫に、若手国会議員、それから有名企業の次男……いいとこの坊ちゃんばっかり誘拐して、身代金《みのしろきん》でも要求する気か？」

そういえば、と思い出す。大津の所持品の中に求人情報誌があった。職を失い、金に困っているとしたら、誘拐を計画していることも考えられる。

「……身代金」小百合が呟いた。「三人を誘拐して時限爆弾を仕掛け、『解除してほしければ金を寄越せ』と身内を脅す。そういう計画だとしたら、製作した爆弾の仕様とも辻褄《つじつま》が合うわね」

身代金目的の誘拐か。爆弾を使えば、どこにいても人質を始末できる。その分、警察の追跡も撒きやすいだろう。

「三人とも実家は金持ちだしな。確かに標的にされてもおかしくはないか」

すると、小百合は釈然としない表情になった。「どうした」と問えば、彼女は首を捻りながら答えた。

「ただ、これ見よがしに置いてあったことが、気になって」

「何の話だ？」

「岩田よ。爆弾の設計図は机の上に置いてあった。おまけに、ガレージのシャッターは開いていた。まるで、見つけてくださいと言わんばかりだったわ。身代金が目的なら、警察に捕まるわけにはいかない。そんな無防備なことはしないはず」

たしかに妙だと蒲生も思った。誘拐は時間稼ぎが胆だ。小百合の話が本当なら、岩田は捕まる気でいるとしか思えない。

「とりあえず、八木くんに報告しておくわ。今頃は結婚式場でしょうけど」

小百合が電話を掛けた。結婚式場、という言葉が引っ掛かった。頭の中で手掛かりが繋がり、蒲生は膝を叩いた。「……そうか、式場か」

こうしてはいられない。即刻、式場のオーナーと連絡を取らなければ。蒲生は腰を上げた。「俺は一度、庁舎に戻る」


やはり保坂の席は空いていた。前から二列目の中央、新郎の友人が集まるテーブルに一つだけ空席がある。

披露宴は滞りなく進み、今はちょうど花嫁のお色直しの最中だ。休憩中、歓談に興じる者もいれば、席を立って新郎と写真を撮る者、一服しに喫煙所へと向かう者もいる。礼服に身を包んだ八木は前から二列目のやや左側寄り、保坂の隣のテーブルに用意された千尋の席に座っていた。披露宴会場を見渡し、さすがは日本を代表する企業の御曹司だな、と感心を覚える。招待客には川島電器の幹部社員はもちろん、政治家や官僚も顔を揃えている。対する新婦の招待客は少なかった。親族や友人は一切おらず、出席しているのは会社の同僚くらいだ。

光沢を帯びたブラックスーツの懐が振動した。通話用のアプリケーションを介した着信を知らせている。発信元は小百合だった。複数人での会話やビデオ通話、テキストチャット機能にも対応している上に盗聴対策も万全なこのソフトウェアは、千尋が政界デビューを機に独自に開発したものだ。小百合がこのアプリケーションを使って連絡を取ってきたということは、他人に聞かれては困る内容なのだろう。八木は席を立った。会場を出て、人気のない場所を探す。式場の入り口付近にあるロビーラウンジに移動し、通話に切り替えた。「どうしました？」

『岩田たちの狙いがわかったわ。標的は三人の男よ』小百合が報告する。『一人目は保坂祐介、二人目は川島恵太』

川島恵太――その名前に八木は驚き、入り口の案内板に視線を向けた。『川島恵太様　山室麻衣様　御両家御披露宴』の文字が見える。

「今日の主役じゃないですか」八木は声を潜めて言った。「残りの一人は？　千尋さんですか？」

『いえ、違うわ。三条翔という名前の、警察官僚』

千尋は標的ではなかったのか。ということは、千尋を狙撃したのは別の人物だろうか。確かに、あれだけの精度の狙撃銃と6．5㎜クリードモア弾を用意できる人物がわざわざ武器調達のために暴力団を襲って密造銃を盗むとは考《かんが》え難《にく》い。

「……三条、ですか」八木は呟いた。

『知ってるの？』

「いえ、どこかで見た名前だと思いまして」

それが気のせいではないことはすぐに気付いた。受付で渡された席次表を懐から取り出し、中を開く。二列目の中央、保坂と同じテーブルに『新郎友人・三条翔』の文字を見つけた。

「その三条という男」八木は低い声で告げる。「今、ここにいます」

『招待客なの？』

「ええ。三人は友人関係のようです。おそらく大学の同期でしょう」

本来ならば、この結婚式場に三人全員が集まるはずだった。ところが、例のパワハラのスキャンダルにより保坂は出席を取りやめ、ホテルに雲隠れした。だから、彼だけが先に襲われ、拉致されたということか。

『連中は爆弾の設計図を持ってたわ』

「穏やかじゃないですね。まさか、この会場に仕掛けるつもりで？」

『蒲生さんの話だと、建物を吹き飛ばすほどの威力はないそうよ。人を殺すことに特化した小規模な爆弾みたい。念のため警戒しておいて』

「わかりました、調べてみましょう」

頷き、八木は繋いだままの電話を上着のポケットに差し込んだ。礼服の袖のボタンを一つ引きちぎり、掌の中に隠す。

会場へ戻ると、自分の席を素通りして中央のテーブルに近付いた。「すみません」と三条に声をかける。

「ボタンが取れてしまって、そちらのテーブルの下に転がっていったようで」

三条は快く席を立った。頭を下げ、八木は床に膝をついた。ボタンを探す振りをしながらテーブルの下に潜り込み、三条の席の周辺を確認する。テーブルにも椅子にも爆発物らしきものは仕掛けられていなかった。

立ち上がり、八木は引きちぎっておいたボタンを三条に見せた。「失礼しました。見つかりました」

「それはよかった。スタッフに言えば、直してもらえると思いますよ」

「ええ、そうします。ありがとうございました」

もう一度頭を下げ、八木は会場の外に出た。端末を耳に当て、通話の相手に小声で話しかける。「三条の席には、爆弾は仕掛けられていないようです」

『大津の自宅から押収した証拠品の中に、その式場のパンフレットがあったんだ。何か起こることは間違いないだろうから、警戒してくれ』

『あたしと小百合ちゃんが今、そっちに向かってる。あと十分くらいで着く』

蒲生とローサの声が順に聞こえてきた。小百合が二人を通話のグループに加え、全員で会話を共有できるよう設定したようだ。

「了解です。念のため、建物の中を見回ってみます」

『式場の所有者と連絡がついて、建物の見取り図を送ってもらった。そっちに共有しておく』蒲生が言った。

「確認しました」

八木は届いたばかりの画像ファイルを開いた。式場の見取り図を階層ごとにスキャンしたデータで、全部で三枚ある。『地上二階、地下一階建てだ』と蒲生が説明を付け加えた。

八木は見取り図を睨みつけた。二階のメインは披露宴会場。出入り口は三つ。会場を出た先には廊下があり、右側に男女のトイレと新郎の控え室。左側に新婦の控え室《ブライズルーム》とスタッフの配膳室がある。八木はまず男性用トイレに入り、不審物がないかどうかを確認した。個室の中を一つ一つ、便器の裏側やタンクの中まで入念に点検してはみたが、特に何も見つからなかった。

絨毯《じゅうたん》が敷かれた中央の大きな階段を下り、今度は一階へと向かう。このフロアにはロビーラウンジ、トイレ、親族の控え室、クローク、喫煙所がある。関係者以外立ち入り禁止と記された奥の扉の先には調理場があるようだ。爆破事件に利用されやすい観葉植物やゴミ箱なども確認したが、どこも空振りだ。

「立ち入れる場所は点検しましたが、爆発物の類は見当たりませんでした」

報告を入れると、ローサから『ちゃんと全部調べろよ』という無茶な言葉が飛んできた。

「女性用のトイレも確認しろと？」八木はむっとして言い返した。「もし誰かに見られたら、明日の新聞の見出しは『松田千尋衆議院議員の私設秘書、建造物侵入の疑いで逮捕』ですよ」

『別に平気だろ、一回くらい逮捕されたって』

「あなたと一緒にしないでください」

『喧嘩しないで、女子トイレは私が調べるから』小百合が会話に割り込んだ。『もうすぐ到着する。あとはこちらに任せて』

二階のフロアへと戻った矢先、八木はスタッフの面子が入れ替わっていることに気付いた。見たことのない顔が三人、宴会場の入り口付近に集まっている。シフトの交代か？ 披露宴の途中で？ 八木は訝しがりながら、すれ違いざまに新顔たちを横目で観察した。従業員の制服を着てはいるが、人を祝福しているとは思えない陰険な顔つきだった。

八木以外の招待客は全員着席していた。早歩きで自分の席へと戻りながら、腕時計を見遣る。「そろそろ始まるようです。私は会場の中にいますので」

『わかった。通話はこのまま繋いでおいて』

「了解」

お色直しを終えた新婦が戻ってくる頃合いだが、演台の前に立ったのは司会者の女ではなかった。タキシード姿の男だ。まるで新郎新婦の身内のような出《い》で立《た》ちであるが、マイクの前に立っている理由がわからなかった。妙だなと八木が首を傾げていると、その男は徐に黒い塊を取り出した。――拳銃だ。

男は天井に向かって引き金を引いた。性質の悪い悪戯《いたずら》かと思ったが、銃声を聞けばそれが本物であることはわかる。八木は男を注視した。年齢は四十代前半くらい。見たことのある顔だった。

岩田秀俊だ。

「どうか皆さん、お静かに」演台のマイクに向かって岩田が口を開いた。「この会場は只今、我々が占拠しました。大人しくしていれば危害は加えません」

耳から離した携帯端末を口元に移し、八木は小声で「テロです」と呟いた。通話アプリのカメラをオンにしてから、レンズを外側に向けて胸ポケットに差し込む。

『――テロです』

という八木の低い声がイヤフォン越しに聞こえてきたのは、ちょうど小百合の車が式場に到着したときのことだった。助手席のローサが「マジかよ」と顔を顰めた。

『岩田たちはテロリストです。会場が占拠されました。出入り口はすべて封鎖されています』

「そのようね」

ガラス張りの正面入り口も今は灰色のシャッターで覆われてしまい、建物の中には入れそうになかった。一足遅かったようだ。

小百合は携帯端末を確認した。八木が機転を利かせてカメラを起動したおかげで会場内の様子が把握できる。彼の胸ポケットに差し込まれた端末は、司会者用の演台に立っている正装姿の男をはっきりと捉えていた。岩田秀俊だった。

ローサが身を寄せ、画面を覗き込んだ。「この男、あいつじゃん」

八木が左を向いたのか、カメラの角度が動いた。今度は出入り口が映った。大きな三枚の扉の前に、それぞれ拳銃を構えた男が立っている。三人とも、白いシャツにベストという従業員と同じ格好をしていた。その中の一人は山口信介だ。保坂を拉致した岩田と山口が、今度は披露宴会場に立てこもっている。廊下へと通ずる出入り口は武装したテロリストに塞がれ、招待客は会場内に閉じ込められていた。

おそらく岩田たちが所持しているのは、あの夜に埠頭で強奪した密造銃だろう。テロを起こすために誠仁会の取引を襲ったのか。

「状況はわかった。もう喋らないで、人質に徹して」

小百合は右耳に装着しているワイヤレスイヤフォンの音量を上げた。ざわめきと、悲鳴。静かにしろ、動くな、というテロリストの怒号。会場内のあらゆる音が鮮明に鼓膜に届く。

『我々の目を盗んで通報しようと考えている方がいらっしゃるかもしれませんが、その必要はありませんよ。警察にはすでに知らせておきましたので』

と、岩田は会場の客に向かって語り掛けている。

『それに、この会場の様子はインターネットで生配信されています』

岩田が会場の隅を指差した。その先には、スマートフォンを取り付けた三脚が設置されていた。

『こんなことして、逃げられると思ってるのか。今すぐ降伏しなさい』

威勢のいい声が聞こえてきた。五十代くらいの小太りの男が立ち上がり、テロリストに物申している。いくつかの説教染みた言葉を並べているその男は、川島電器と付き合いの深い都議会議員だった。

『我々が逃げると思っているのですか？』

岩田は嗤っていた。

『我々は捕まる覚悟はもちろん、警察に射殺される覚悟もあります。それだけ、この国に命を懸けているんですよ。あなたのような、税金を食いつぶすだけの役に立たない議員と違ってね』

『な、なんだと』

『お座りください、先生。視聴者に勇敢さをアピールして、次の選挙に繋げようという魂胆でしょうけど』微笑みを浮かべたまま、岩田が脅す。『次、その腐った口を開いたら、命はないと思ってくださいね』

男は顔を真っ赤にしながら、おずおずと腰を下ろした。

小百合は「警察に知らせてあるって、本当なの？」と電話の向こうにいる蒲生に尋ねた。

『ああ』蒲生の声が返ってきた。『上層部宛てに犯行声明が届いてるらしい。うちの部長も呼び出されてた』

「だったら、さっさと突入して助けろよ」

『そう簡単な話じゃない。万が一、起爆スイッチを押されたらどうするんだ』

誰が指揮し、どう対処するか。頭の痛い問題だ。責任を押し付け合う官僚の姿が目に浮かぶ。

「でも、建物が爆発するような威力のある爆弾じゃないって、オッサンが言ったじゃん」

『あの設計図はそうだが、他にも爆弾を用意していないとは言い切れないだろう。仮にそれが事実だったとしても、どうやって説得するんだ？　ただの一介の警官の意見なんて、上の連中は聞きやしない』

　会場内に動きがあった。小百合は画面に注意を戻した。

『ここで、新郎のご友人である保坂祐介様より、お祝いのビデオメッセージをいただいておりますので、ご覧いただきましょう』

　そう言って、岩田は正面の大型スクリーンを掌で指した。真っ白な画面に映像が映し出される。

「……保坂だ」

　ローサが呟くと同時に、会場から悲鳴があがった。保坂が椅子に縛り付けられている。身動きが取れない上に、口はガムテープのようなもので塞がれ、言葉を発することもできないでいる。

『保坂様の足元にご注目ください。時限装置付きのプラスチック爆弾です。残り時間は——二分ちょっと、というところですね。この数字がゼロになれば、爆弾が爆発します』

　電子モニターの数字は刻一刻と減っていく。小百合たちも、会場にいる招待客も、ただそれを見ていることしかできなかった。

時間が過ぎた。数字がゼロを刻んだ瞬間、爆発音が響き渡った。狙い通りガラスの破片が飛び散り、保坂の体を貫いた。血を流してぐったりとしている保坂の姿を見せつけられ、会場は騒然となった。目を覆う者や、泣き出す者もいる。客を恐怖に陥れるには十分すぎる演出だった。

脅すことが目的ならば、ただ保坂の死体を見せればいいだけの話だ。それなのに犯人はわざわざ爆弾を使った。減り続ける数字は人間の心に強い焦りを植え付けることができる。銃やナイフとは違い、爆弾という遠隔操作式の凶器は攻撃の瞬間が目に見えるものではない。いつ、誰が殺されるかわからないという状況は余計に恐怖感を煽る。よく出来た精神攻撃だと小百合は思った。

『他にも建物のどこかに爆弾を隠しています。警察がこの式場の敷地内に入れば、容赦なく爆破します。我々の要求はすでに伝えてある。どれだけ時間を掛けていただいても構いませんが、三十分ごとに一人を殺します。次は――』岩田は新郎席に銃口を向けた。『川島恵太様、あなたです』

白いタキシード姿の新郎の怯えた表情をカメラが捉えた。

『おとなしくしていてくださいね、川島さん。でなければ、せっかくの花嫁のドレスまで、真っ赤に染まることになりますよ』

途端にローサの顔色が変わった。新婦である実の姉の危機に、唸るような声で「中に入る」と主張する。

「姉貴がやばい、助けないと」

危険だが、止めても無駄だということはその表情を見ればわかる。小百合は彼女に従うことにした。「蒲生さん、どこかに侵入できる入り口はないの？」

『裏にある非常口に回れ。緊急用のロック解除コードを伝える』

犯行の様子はインターネットで生配信していると岩田は明言していた。蒲生はいくつかプラットフォームを検索してみたが、その配信を見つけることはできなかった。SNSで拡散されている気配もない。岩田が嘘を吐いたのか、それとも、限られた人間にしか視聴できないように設定してあるのか。もしくは、すでにサイバー犯罪対策課が手を回して閲覧制限を掛けた可能性もある。

式場のオーナーから訊き出した緊急用コードを小百合たちに伝えた直後、蒲生はオフィスの席を立った。支給品のノートパソコンとコーヒーを持ち出し、誰もいない小会議室へと入ると、内側から鍵を掛けた。適当な椅子に腰を下ろし、八木が撮影している映像をパソコンに転送する。

『関係のない皆様にとっては、このままじっと待っているのも退屈でしょうし、昔話でもしましょうか』

言葉を発したのはタキシード姿の男。司会者用のマイクを通した嗄《しわが》れ声《ごえ》が会場に響き渡った。他の男は終始無言でドアの前に立ちはだかり、拳銃を構えたまま招待客に目を光らせている。少しでも動けば即座に射殺されそうな緊迫した会場の空気が画面越しに伝わってきた。

蒲生は煙草を咥え、映像の中のテロリストの顔を認識ソフトで照合した。マイクで喋っている正装の男は岩田で間違いないようだ。公安が収集した彼の写真と顔の特徴が一致した。

『皆様、十五年前に起こったテロ事件を覚えていらっしゃいますか？　まだ記憶に新しいでしょう。帝国教会による炭疽菌テロです。神奈川県の道路沿いで車が爆発炎上し、載せていた炭疽菌が拡散された。通行人が巻き込まれ、多数の死者と重症者を出した——と、報道されましたが、実はこの事件には、裏があるんですよ』

岩田の演説に耳を傾けながら、蒲生はテロリストの身元の特定を急いだ。照合の結果、中央のドアの前に立っているのは山口信介だと特定した。その左右のドアにいる男もそれぞれ公安のデータベースに情報が残っている。広瀬清孝《きよたか》と西倉仁志《にしくらひとし》。どちらも元陸自で、公安のマル自が視ていたようだ。小百合たちと情報を共有するため、身元のデータはすべて通信用アプリに送信しておく。

今すぐにでも上に報告を入れ、調べ上げた情報を提出すべきだということはわかっていたが、次の岩田の発言が蒲生を引き留めた。

『この事件、ただの交通事故だったんです』

聞こえてきた言葉に驚き、蒲生は思わず手を止める。

『テロに使われたとされる車両の正体は、検知器の試験用の炭疽菌を不活性化しないまま米軍キャンプまで運んでいた役人の車でした。対向車線にはみ出してきた車を避けようとして横転し、乗っていた車は爆発炎上。不運にも載積していた炭疽菌をバラ撒いてしまったというわけです』

まさか、と蒲生は目を見開いた。作業を中断し、画面の中のテロリストに視線を向ける。あれがテロではなく、交通事故？　炭疽菌は米軍が用意したものだった？　信じがたい言葉が続く。

『おまけに、その対向車を運転していたのは、当時の進民党幹事長の第二公設秘書でした。議員はその日、横浜で支援者との会食があった。その帰りに、神奈川に住んでいる第二秘書を「今すぐ迎えにこい」と呼びつけたんです。秘書はその日は休みを取っていて、自宅で晩酌していたところでしたが、突然の呼び出しに慌てて車を走らせました。飲酒運転に加え、法定速度をオーバーしたスピード違反。車は大幅に白線を越えてしまい、結果としてこの大事故を引き起こした。与党の政治家とその秘書のせいで罪のない民間人が命を落としたと世間に知られたら、国民の反発は免れないでしょう。おまけに、米軍が絡んでいますからね。外交問題にも発展しかねない』

テロリストらしからぬ穏やかな語り口と表情で岩田が話を続ける。禁煙の会議室内で煙草を吹かし、蒲生は画面を食い入るように見つめた。

『そんな危機的な事態の収拾を引き受けたのが、当時の神奈川県警本部長——そこにいる三条さんのお爺様《じいさま》である、三条義之《よしゆき》さんです。彼はこの事件を隠蔽しようと、部下に命じて偽装工作を行った。議員秘書の法律違反による交通事故を、反社会的なカルト教団によるテロ事件に見せかけた。事実を捻《ね》じ曲《ま》げたんです』

岩田の声色が怒気を含んだ。

『帝国教会などという宗教団体は、この世に存在しないんですよ』

——帝国教会が、存在しない。

にわかには信じられない話だった。はたしてそんなことが本当に可能なのかと疑問を抱いたが、すぐに愚問だと察した。政治的な損害を最小限に抑えるために真実を覆い隠し、別のストーリーを作り上げるというのは、どの国でも秘密裏に行われてきたことだ。自身が所属している公安部だって、これまで数多くの真実を大義のために隠蔽している。

もし、岩田の言葉が真実で、帝国教会などという教団が存在しないとすれば。教祖の久留須聖圓も架空の人物であり、要視察対象とされている教団関係者は十五年前のテロ事件にまったく関与していないことになる。現存している分派は単なる教団のシンパや久留須の熱狂的ファンが立ち上げたサークルに過ぎないか、もしくはグロリアのように暴力団が金儲けのために教団の名前を利用しているだけか。

蒲生は唖然《あぜん》となった。それと同時に怒りが芽生えた。なんて滑稽なんだ。俺たち公安総務課は、いもしない敵と戦っていたというわけか。今まで費やしてきた時間と苦労は何だったんだ。苛立ちが収まらず、ため息とともに白い煙を吐き出す。

『国民の怒りの矛先が政府に向かないように、架空の敵を作り上げた。すべては三条義之が仕組んだことなんです』

自身の怒りの矛先が、その三条へと向き始めていることに蒲生は気付いた。すっかり岩田の語りに乗せられていた。前のめりになっていた姿勢を正し、画面から距離を取る。

『事は三条の思惑通りに運びました。政府はそのときの恩義を返すため——というより口止め料として、出世コースから外れていた三条を警視庁総務部長に昇進させ、後の警視総監の座を約束した。おまけに、退官後は警察の天下り先である大手警備会社の役員というポストまで用意した』

立てこもり事件が発生したというのに、未だ特殊部隊は出動していない。それどころか、現場に警察車両すら送り込んでいなかった。上の連中のいつも以上に重い腰が岩田の主張を裏付けているように思えてならない。騒ぎを大きくしてマスコミに嗅ぎつけられ、帝国教会に纏《まつ》わる真相が暴かれるのを恐れているのか。たとえ中にいる人質を見殺しにしてでも、国家の秘密の厳守を優先するかもしれない。

『我々の要求は、この事実を世間に公表すること。ただそれだけです』という言葉で岩田は演説を締めた。『腐った政治家たちにこの国を壊されるのは、もううんざりなんですよ』

テロの目的が見えてきた。この式場を占拠したのは、三条の孫を人質に取り、要求を通すためか。

『だからって、保坂を——人を殺していいわけない』中央のテーブルに座っている三条翔が叫んだ。利発そうな青年だった。『もし仮にその話が本当だったとしても、祖父が勝手にやったことだ。俺たちには関係ないじゃないか』
『関係ない？　本当にそうですか？』決死の覚悟で訴えた言葉を、岩田は軽々しく嘲《あざ》笑《わら》う。『腐った親に育てられた子供に、この国の未来は任せられない』
岩田は再び天井に向かって発砲した。会場に銃声と悲鳴が響き渡る。しんと静まり返ってから、岩田は新郎に銃口を向けた。にやりと笑い、三条に語り掛ける。
『あなた、保坂様や川島様とは大学時代からの仲だそうですね。これ以上、ご友人に先立たれるのはお辛《つら》いでしょう。あなたからも、お爺様を説得していただけませんか？』

緊急用のロック解除コードを入力し、非常口のドアを開錠した。これで姉を助けにいける。よし、と小さく呟き、ローサはドアノブに手を伸ばした。背後から「待ちなさい、ローサ」と制止する小百合の声が聞こえたが、もう引き返せなかった。そのときにはすでに扉は全開で、ローサは勢い任せに中へと飛び込んでいた。
敵がいるかもしれないから慎重に、と小百合は忠告しようとしたのだろう。飛び込んだすぐ先に男がいることに気付き、ローサはしまったと思った。黒いベストに蝶ネクタイという式場スタッフのような格好をした男だが、その右手に握られているのは物騒なものだった。ローサに気付いた男は「誰だ、お前」と叫び、拳銃を構えた。

ローサはとっさに避けようとしたが、すぐに思い直した。自分が避けたら背後の小百合に銃弾が当たってしまう危険がある。このまま相手に向かって直進することにした。男が引き金に指を掛けるよりも先に距離を詰め、左手で男の掌を掴む。力を掛けて壁の方へと銃口を押しやった。男の体が開いたところで、すかさずボディブローを決め、くの字に折れた体に膝蹴りを叩き込んだ。男がよろめき、数歩後退《あとずさ》る。ローサは助走をつけて敵に飛び掛かった。雄叫《おたけ》びをあげながら男の腕を蹴り上げる。拳銃が手を離れ、床に落ちた。

男は武器を諦め、素手で応戦した。ローサの体を掴み、壁に押し付ける。通路の壁と男の間に挟まれて身動きが取れない。力で押さえ込んだ男の拳がローサの左頬にめり込んだ。脳がぐらりと揺れる。口の中に血の味が滲んだ。

ローサは男の左右の腕を掴み、相手の顔に向かって血の混じった唾を吐いた。怯《ひる》んだ男が力を緩めた一瞬の隙を突き、軽く跳び上がる。男の腕を掴んだまま体重をかけて勢いよくしゃがむと、男は前のめりになり、そのまま壁に頭を強打した。馬鹿めとほくそ笑んだところ、男の反撃が襲ってきた。屈んだ状態のローサに蹴りを食らわせる。とっさに右の前腕でガードしたが、勢いを殺しきれず体が傾いた。ローサはよろけ、床に片膝をついた。その隙に男が銃を拾い、ローサに銃口を向ける。まずい、と思った。

不意に、ゴン、という鈍い音が響いた。その瞬間、引き金を引こうとした男の動きが止まり、その場にどさりと倒れてしまった。男が頽れたすぐ後ろに、消火器を抱えた小百合が立っている。

背後から鈍器で殴られ、敵は気を失っていた。熱を持ちはじめた頬を手で押さえながら、助かった、とローサは息を吐いた。

「ありがとう、小百合ちゃん」

「他に言うことは？」

「……ごめんなさい」

無鉄砲に突入した非を素直に認めると、小百合は呆れ顔で肩を竦めた。

「──そういうわけで、ご来賓の皆様には大変恐縮ですが、もうしばらく我々にお付き合いください。……ああ、お飲み物が欲しいときは、遠慮なく手を挙げてくださいね。彼らが給仕いたしますので」

などと岩田はおどけてみせたが、披露宴はまるで通夜のような雰囲気だった。招待客は皆ひどく動揺し、体を震わせて怯えている。すすり泣く声も聞こえる。会場に閉じ込められ、拳銃を突き付けられている上に、いつ爆弾で死ぬかもわからない恐怖に晒《さら》されているのだ。加えて、保坂の死という最悪の余興を見せられた後である。戦場で人が吹き飛ぶ様を見慣れている八木は別として、一般人には耐えられる状況ではなかった。

隣の席の女性は特に顔色が悪かった。「大丈夫ですか？」と小声で尋ねると、彼女は消え入りそうな声で返した。

「トイレに、行きたくて……」

「私もです」と、八木は嘘を吐いた。このまま会場の中にいては身動きが取れないままだ。まずは外に出て、敵の監視を逃れなければ。女性に体を寄せ、告げる。「私から、彼らに頼んでみます」

女性は頷いた。上手くいく保証はない。一か八かの賭けだが、リスクは低い。たとえ失敗して人質の誰かが殺され、会場が爆破されたところで、八木にとっては何の問題もなかった。幸い、この場に千尋はいない。死ぬのは自分だけで済む。

「あの、すみません」

八木が手を挙げると、会場内の全員の視線が一挙に集まった。訝しげな表情を浮かべて「どうしました？」と岩田が訊く。

「トイレに行ってもいいですか。さっきからずっと、お腹が痛くて」

目で合図すると、隣の女性が「私もいいですか」と手を挙げた。

すると、岩田が無線のマイクに向かって声を発した。「関、吉田、今すぐこっちに来い。お客様が二名、お手洗いに行きたいそうだ。連れてってやれ」

監視付きか。さすがに自由に出入りさせてくれるほど甘くはないようだ。しばらくして、中央の扉が開いた。新たに現れた二人の男は警備員に変装している。密造銃を八木たちに向け、「立て」と命じた。

言われるままに両手を上げ、会場の外へと出た。廊下を進んでいる間、背後ではテロリストが八木の背中に銃を突き付けている。先を歩く女性も同じ状態だった。女性がトイレに入っている間、テロリストの片割れは外の廊下で待っていた。だが、八木に銃を向けている男はトイレの中までついてこようとした。

「……あの、外で待っていてもらえませんか？」

腹部を掌で押さえて露骨に嫌そうな顔をしてみせると、

「早く済ませろ」

と告げ、男は廊下へと引き返した。

すべての個室を開けて誰もいないことを確認してから、八木は胸元に仕込んでいた携帯端末を操作した。チャット欄には蒲生からテロリストに関するファイルが届いている。会話を聞かれないようトイレの擬音装置を作動させて流水音を響かせ、端末を耳に当てる。「蒲生さん、聞こえますか」

『ああ』

「今の二人、吉田と関という名前のようです。顔は見えました？　彼らのデータはありますか？」

『見てたよ。顔認識ソフトで身元を割り出しておいた。一人は吉田智之《ともゆき》。警視庁の爆弾処理班に所属していたらしいが、証拠品の横領でクビになってる。どうやら、海外のテロ組織に雷管を売りさばいて小遣い稼ぎしてたのがバレたらしい』

「保坂に仕掛けたプラスチック爆弾を作ったのは、その男で間違いないでしょう」

『だな。もう一人は関敏明《としあき》。三十九歳。お前に銃を向けてた方の男だな。こっちも元警官で、肝臓の疾患での入院歴がある。休職と復帰を繰り返していたが、二年ほど前に辞職してる。持病が理由だろうが、窓際部署に追いやられたことへの鬱憤もありそうだ』

「助かりました」

礼を告げ、端末を再び胸ポケットに戻した。吉田と関はテロ組織のメンバーの中でも武闘派ではなさそうだ。二人くらいなら片付けられるだろう。

手を洗いながら制圧までの算段を考えていると、急に外が騒がしくなった。男たちの「おい、どうした」と動揺した声が聞こえてくる。いったい何事かと廊下に出てみれば、隣接する女子トイレの前で先刻の女性が蹲《うずくま》っていた。八木は駆け寄り、「どうしました？」と彼女の顔を覗き込んだ。

「おい、離れろ」関が銃を構え、八木の頭に向ける。「勝手なことをするな」

八木は相手を睨みつけた。「彼女に何をしたんですか」

「知らねえよ。この女がトイレから出てきて、急に蹲ったんだ」

八木は女性に視線を戻した。彼女が手から提げている小ぶりなバッグの中に生理用品が見えた。具合が悪くなったのは月経痛のせいか。青白い顔からして貧血を起こしたのかもしれない。

「いいから離れろ」と、吉田も八木に銃口を向けた。「言う通りにしないと撃つぞ」

「彼女、具合が悪そうです」

「見りゃわかる。別室で休ませてやるから、お前は会場に戻れ」

「私は医師免許を持っています。彼女に同行させてください」

関は笑い飛ばした。「信用できるか」

「あなた、肝臓に疾患がありますよね？」

図星を突かれた関が大きく目を見開く。八木は「顔色を見ればわかりますよ」と付け加えた。

すっかり八木の言葉を信じたようだ。関は引き金から指を外した。八木と女性は監視に誘導され、廊下の突き当たりの部屋に入った。そこは新郎用の控え室だった。

女性の顔色は真っ青だ。八木はソファの上に彼女を寝かせた。背後で男たちが言葉を交わしている。

「ここは俺一人で十分だ。吉田、お前は持ち場に戻れ」

「了解」

吉田が外に出たところで、関は無線に向かって話し掛けた。「岩田さん、関です。女の体調が悪いようなので、新郎用の部屋で少し休ませます。……はい、もう一人の男も一緒です。医師免許を持ってるようで、女を診察してます。しばらくしたら、二人を連れて戻ります。吉田は先に戻りました」

報告を済ませた関は出入り口に立ち塞がり、八木たちを見張っている。この場にいるのが自分だけなら正面から向かっていけるが、この状況では女性に流れ弾が当たりかねない。引き金に指を掛ける暇を与えず攻撃するには、今の位置では遠すぎる。もう少し接近しなければ。八木はゆっくりと振り返り、入り口の横にあるウォーターサーバーを指差した。

「痛み止めを呑ませたいので、そこの水をもらってもいいですか？」

関は「いいだろう」と承諾した。

両手を上げたままサーバーに近付いた。これで先刻より敵との距離が縮まった。備え付けの紙コップを手に取り、温水のレバーを引く。熱湯がコップ一杯に溜まったところで、八木はすばやく振り返った。コップの中身を男の顔に向かって放ると同時に男の右手を摑んだ。軽い火傷《やけど》を負った関が後れを取っているうちに、相手の体を反転させて腕を捻り上げる。関が銃を手離したところで、背後から前腕を回して首を絞めた。酸欠で気を失い、ずるりと関の体が頽れる。

八木の動きに、女性は呆気に取られていた。八木は構うことなく上着を脱ぎ、シャツのボタンを外した。筋骨隆々な八木の上半身が露《あらわ》になり、彼女は慌てて目を逸《そ》らした。男の制服を脱がし、身に着けていく。サイズはちょうどよかった。

警備員の制服に着替えたところで、八木は気絶している敵の手足を、脱いだ自分の服で拘束した。

「あなたはここで休んでいてください」関の体を抱え上げ、クローゼットの中へと放り込む。「もし誰かがここへ来て、この男の居場所を訊かれたときは、用を足しに行ったと伝えて」

関が落とした拳銃を腰に差していると、

「あなた、いったい何者なんですか」唖然とした顔で女性が尋ねた。「お医者さんとは思えませんが……」

「ただの議員秘書です」

運転時の通話用に常備しているワイヤレスイヤホンを端末に接続し、右耳に引っ掛けた。これで手ぶらの状態で小百合たちと会話ができる。左耳には、テロリストが通信に使っているインカムを装着した。

部屋を立ち去る前に、

「もし、あなたの選挙区から立候補した暁には」警備員の帽子を深く被りながら、八木は女性に微笑んだ。「是非とも、松田千尋に清き一票を」

小百合は消火器をその場に置き、気絶している男の所持品を検めた。ワイヤレスのインカムに携帯端末。これで仲間と通信しているようだ。首からはカードキー付きの社員証を下げている。ズボンのポケットには財布。身元を隠す気がないのか、中には運転免許証が入っていた。免許証によると、この男の名前は阿部《あべ》というらしい。社員証に書かれている名前と一致している。彼も他の男と同様、元々は警察か自衛隊の人間だったのだろうか。

小百合は社員証を拝借し、その紐《ひも》を自分の首に掛けた。ついでに男が落とした密造銃を手に取り、弾が入っていることを確認してから、腰のベルトに差し込む。

「すげえ」それを見ていたローサが感心した声色で言った。「探偵って、銃も使えるんだ」

「普通は使えない」

海外ならまだしも、日本の探偵にそんな権限はない。だが、今は非常事態だ。多少の違法行為には目を瞑ってもらいたいところである。

「急ぎましょう」そのうち阿部と連絡が取れないことを仲間が不審に思うはずだ。いずれは侵入者の存在に気付くだろう。

『――そういえば』片耳に装着したイヤホンから蒲生の声がした。『大津の所持品の中に求人情報誌があった。式場が求人広告を出していたみたいだ』

「この男、社員証を持ってる。求人に応募して潜り込んだのね」

『他にもスタッフとして紛れ込んでいるかもしれない。特に警備員の格好をした奴には気を付けろ。警備職は元警官が採用されやすいからな』

いったい何人のテロリストが建物を占拠しているのか。はたして本物のスタッフたちは無事なのか。予断を許さない状況である。

「ねえ、オッサン。花嫁の部屋はどこにあんの？」

『新婦用の控え室なら、二階の北側だ』

しばらく通路を進むと扉があった。フロアへと繋がる階段がある。「ここで分かれましょう」と、小百合は提案した。

「あなたは二階に行って、お姉さんを助けなさい」

「小百合ちゃんは？」

「私は地下のフロアを確認してくるわ。後で合流しましょう」

「わかった、気を付けてね」

「あなたこそ」

ローサと別れ、小百合は階段を下りた。拳銃を手に取り、人がいないことを確認しながら慎重に先へと進む。廊下の角を曲がると左右にドアがあった。右は従業員の更衣室のようだ。ドアが少し開いていた。警戒しながら中を覗き込んだが、ロッカーが並んでいるだけで人はいなかった。

左側のドアには鍵が掛かっている。ここは警備員室のようだ。男が持っていたカードキーをセンサーに翳せば問題なく開錠された。慎重に扉を開けて確認したところ、二人の男が床に倒れているのが見えた。小百合は中に入り、脈を確認した。息はあるようだ。全員が手足を縛られ、気絶している。二人とも下着姿だ。テロリストに制服を脱がされたのだろう。警備員に扮《ふん》した敵が少なくとも二人はいるということだ。

警備員室には防犯カメラのモニターが数台設置されていた。正面入り口、廊下、ロビー、披露宴会場、従業員用出入り口――小百合は映像を観察し、全員に報告を入れた。「今、警備員室で防犯カメラを確認してる。正面入り口前のロビーに立っている者が二名、二階の廊下に一名、一階の廊下に一名。目視できるだけでも四人はいるわ」

テロリストは役割を分担しているようだ。岩田たち四人は客を人質に取り、要求を突き付ける役。先程の阿部のように、建物の出入り口を見張り、外部からの侵入を警戒する役。そして、今ちょうど廊下の防犯カメラに映っている男のように、式場全体を見回り、怪しい動きがないか確認する役。

「待って、もう一人いた」

二階の防犯カメラに動きがあった。新郎の控え室から出てきた警備員風の男。一階への中央階段を下り、ラウンジを通過していく。さらに親族控え室の前を通り過ぎ、その先にある従業員用の通路に入った。

カメラを注視していた小百合は眉を顰めた。まずいことになった。この通路の先には今、ローサ、ローサがいる。このままだと彼女は男と鉢合わせしてしまう。

「ローサ、聞こえる？」小百合はイヤフォンマイクに向かって声をかけた。「後ろから敵が来てる、気を付けて」

返事はなかった。こちらの声が届いていないようだ。


しばらく進むと壁に行き当たった。T字路のように通路がここから二手に分かれている。右へ行くべきか、左へ行くべきか。ローサは頭を悩ませながら端末を手に取った。蒲生から送られてきた会場内の見取り図を確認する。右へ行けばロビーラウンジに出るようだ。ついさっき、ロビーには見張りがいると小百合が報告していた。だったら左に行くしかない。

左に曲がった瞬間、背後から足音が聞こえてきた。振り返ると、いた。銃を所持した警備員姿の男がこちらに向かって歩いてくる。やべえ、とローサは舌打ちした。男がローサに気付き、小走りになった。徐々に距離が縮まっていく。逃げるか、迎え撃つか、悩む余地はなかった。姿を見られたのだ。仲間に報告される前に潰しておかなければ。ローサは踵を返し、男に向かって走った。

相手は百八十センチはあるだろう大柄の男だった。助走をつけ、右足で強く床を蹴る。ジャンプと同時に体を捩《ね》じり、滞空したまま右足で蹴りを繰り出す。狙いは制帽を目深に被った男の頭部だが、いい感触は得られなかった。相手がとっさに屈んでローサの蹴りを避けたからだ。ローサの足は空を切った。すぐに次の攻撃に移る。左足で着地し、遅れて床を踏んだ右足を軸に体を回転させる。鋭い回し蹴りで相手の顔面を狙うも、今度は前腕でガードされてしまった。男はローサの足首を摑んだ。身動きが取れない。

ローサは顔を顰めた。この男、強い。さっきの奴とは格が違う。戦い慣れているとすぐにわかった。体格差では圧倒的に不利。おまけに足を取られていて動けない。威嚇する獣のように歯を剝き出していると、相手はなぜか手を緩め、ローサの足をぱっと離した。

「落ち着いてください」男が口を開く。聞き覚えのある声だ。「私です」

よく見れば、その男は知り合いだった。八木だ。どこで制服を手に入れたのかは知らないが、彼は警備員に変装している。「紛らわしい格好してんじゃねえよ」とローサは悪態をついた。

「槙さんは？」

「地下のフロアに行った」ローサは親指で下を指した。

「あなたは何をしてるんです？」

「二階の新婦の部屋に行くとこ」

端的に説明すると、八木は「お姉様を助けに行くんですね」と頷いた。

「あんたは？」

「この通路の先に調理場があります。爆弾が仕掛けられていないか確認しようと思いまして」

「あたしも行く」ローサは即答した。「腹減ったから何か食いたい」

能面のような八木の表情が珍しく崩れた。「……なるほど、千尋さんが気に入るわけだ」

何だか小馬鹿にされているような気がしてならなかったが、ローサは聞き流してやることにした。

テロリスト同士の通信を盗聴している八木によると、本物の式場スタッフは全員一階の控え室に押し込められているという。「危害を加えるつもりはないようです。あくまで狙いは、三条の孫かと」

そのためだけに式場を占拠したのか。はた迷惑な連中だ。憤りが湧いてくる。「姉貴の晴れ舞台を台無しにしやがって」と、ローサは拳を握り締めた。

調理場に到着した。白いコックコート姿の男が二人、中央の調理台で作業をしているところだった。だが、料理を作っているわけではなかった。その手に握られているのは包丁ではなく拳銃だ。ローサと八木の存在に気付き、偽の料理人たちは警戒した表情を見せた。こいつらもテロリストか。やべえ、とローサが声をあげるよりも先に八木が動いた。拳銃をローサの頭に突き付けて言う。「トイレで隠れている女を見つけた。拘束するから手伝ってくれ」

――こいつ、あたしを売る気かよ。

ふざけんなテメェ、とローサは無言で八木を睨みつけた。帽子を深く被っているので表情はよく見えないが、口元は緩んでいる。……ちょっと楽しんでやがるな、この野郎。いい性格してやがる。

偽テロリストの八木に、二人の偽料理人は何の疑いも抱いていないようだ。了解と答えると、調理台の上に拳銃を置き、こちらに近付いてくる。

今です、と八木が耳打ちした。

言われなくともわかっている。ローサは突進し、男たちを突き飛ばした。二人は勢いを殺しきれず背後の棚に凭《もた》れ掛《か》かり、並べられていた調理器具がガシャンと大きな金属音を立てた。一人は八木に、もう一人はローサに襲い掛かってきた。

「コックまでテロリストかよ。どうなってんだ、この式場は」

「道理で料理が不味いと思いました」

ローサに向かってきたのは中肉中背の若い男だった。包丁を手に取り、振り回している。「うわっ、あぶね」と声をあげながら後退し、対抗できる武器がないか探したが、近くの調理台には野菜くらいしか置いてなかった。仕方なくネギを摑んで振り回すも、まったく役に立たない。ネギを投げ捨てて今度はバットを摑み、中に入っていたジャガイモを次から次へと相手に投げつける。土臭い塊を避けながら男が近寄ってきた。包丁による攻撃をステンレス製のバットで弾き、ローサは後退した。背後を調理台で塞がれ、身動きが取れなくなったところで、前蹴りを食らわせて男の体を突き放す。男が再び距離を詰めようとした瞬間を狙い、ローサは左側にある業務用冷蔵庫の扉を勢いよく開けた。重たい扉がちょうど相手の顔面に直撃し、男がふらつく。

ローサは視線を彷徨わせた。中央の調理台の上にはバットが並んでいて、数種類の果物が入っている。その中からレモンを摑むと、男の眼前で握り潰した。勢いよくレモンの汁が飛び散り、敵の両眼を刺激する。男は悲鳴をあげながら掌で目を覆っている。その隙に、今度はステンレス製の五段ラックを摑んだ。それを両手で持ち上げ、男に向かって振り回す。ステンレスの塊が頭に直撃し、男は中央の台に倒れ込んだ。その衝撃で台の上に並べられていた料理が滑り落ち、皿が割れる大きな音が響き渡った。大量のローストビーフが台無しだ。勿体ねえ、とローサは呟いた。床に散らばった肉を一切れ拾って口の中に放り込んでいると、馬鹿にしやがってと憤った男が再び襲い掛かってきた。

厨房にいた調理服姿の二人組はどちらもテロリストだった。求人に応募して堂々と潜入したのか、忍び込んで本物のコックの制服を奪ったのか。そのうち片方の男を八木はすぐさま制圧した。まずは顔面に一発。続けて後頭部を摑んでコールドテーブルに頭を数回叩きつけると、男は動かなくなった。銀色の台に凭れ掛かるような体勢で気絶している。

八木はもう一人の男に視線を向けた。中央の大きな調理台を挟んだ反対側で、ローサが応戦している。彼女はレモンで相手の目を潰し、ステンレス製の五段ラックを振り回して男を殴りつけていた。周囲にある調理器具をも一緒になぎ倒し、けたたましい金属音が響き渡った。

苦戦しているローサに手を貸そうかと足を踏み出したところに、

「どうした、今のは何の音だ」

騒ぎを聞きつけたのか、別の敵が現れた。警備員の制服を着ている。見覚えのある顔だった。吉田だ。ローサが派手に暴れたせいで見回り役に気付かれてしまった。彼女を助けるのを一旦諦め、八木は敵を見据えた。例に漏れず相手は密造銃を持っている。八木は倒れている男を抱え上げると、その体を盾にして距離を詰めた。敵は発砲を躊躇《ためら》っている。八木はその隙に、偽コックの体を相手に向かって放り投げた。大の男に圧し掛かられ、吉田がバランスを崩す。その拍子に銃口が逸れた。すかさず相手の腕を摑み、捻り上げる。同時に逆の肘で男の顔面を突いた。敵の手が緩み、拳銃が転がり落ちる。吉田はそれを拾おうと床にしゃがみ込んだ。八木は背後から相手の喉元に前腕を回し、力を込めた。

首を絞めている間、もう一人の敵に視線を向ける。まるでブーメランでも放るかのように、ローサが次から次へと皿を投げつけているところだった。敵は素手でそれを振り払っている。その度に皿は床に落ちて割れ、耳障りな音を立てた。頼むから静かに戦ってくれ、と八木は眉を顰めた。男の首を絞めていなければ両手で頭を抱えていたことだろう。

しばらくして、吉田が気絶した。手を離せば、力なくその場に頽れた。息を吐いたのも束の間、

「おい、何があった」

さらに敵が一人現れた。今度は給仕係の制服を着た男だ。こちらも顔に見覚えがある。披露宴会場に立てこもっていたテロリストの一人だ。仲間の応答が途絶えたことを不審に思い、外の様子を見に来たのかもしれない。だとしたらまずいな、と心の中で舌打ちする。岩田たちはとっくに鼠《ねずみ》の存在に勘付いている。時間がない。

新たな敵は銃を構え、警備員の制服を着た八木に「誰だ、お前」と叫んだ。八木は

すぐに中央の調理台に乗り上げ、敵に向かって飛び降りた。重力を加えて威力を増した前蹴りを食らい、男の体が弾き飛ばされる。背後の壁に激突し、その反動で床に倒れた。起き上がろうとした相手の頭部を蹴りつけると、男はガスレンジの側面に頭をぶつけて倒れた。敵が気を失っていることを確認してから、ローサの様子を窺う。男と取っ組み合いの最中だった。今度こそ手を貸そうかと思ったが、その必要はなかった。ローサが鋭い肘打ちからの回し蹴りをお見舞いすると、相手はダウンした。

ローサが八木の方を向いた。目が合った瞬間、彼女はむっとした。「……見てないで手伝えよ」

「こちらも忙しかったので」

「うわ、すげえ」八木の足元に倒れている男たちに気付き、ローサが感心したような声をあげる。「いつの間に三人も倒したの」

「あなたがジャッキー・チェンごっこをしている間に」

業務用冷蔵庫の中に敵の体を放り込みながら八木は答えた。中から開けられないようドアの外側の取っ手に麺棒を差し込み、電源プラグを引き抜く。一通り厨房を確認したが、爆弾らしきものは見当たらなかった。

「……あんた、マジでいい性格してるよな」

ローサは舌打ちし、料理をいくつか口に放り込んだ。「その言葉、そのままお返しします」と八木は肩を竦めた。

「腹も膨れたし、行くか」

ローサが意気込んだ。正面ロビーから堂々と二階へ向かうつもりらしい。この女の辞書にステルス作戦という文字はないようだ。内心呆れながら八木は彼女を止めた。

「爆弾がまだ見つかっていないんです。騒ぎになるのは避けたい」

「……今更それ言う？」ローサが辺りを見回しながら言った。

とっくに大騒ぎした後で、厨房は大惨事だ。無残に割れた皿に、散らばった調理器具。床に落ちた料理。誰のせいで、と八木はうんざりしながらも、

「私に考えがあります」

と、提案した。

「ダムウェーターを使いましょう」

「だ、ダム？　なに？」

「小荷物専用の昇降機です。料理などを運搬するためのエレベーターですよ」

こういう式場には必ず設置されているはずだ。厨房のさらに奥に進めば、目当てのものが見つかった。一メートルに満たない高さの扉がある。ボタンを押して扉を開け

ると、中には箱のような形の空洞があり、二枚の板で仕切られている。ここに料理を載せて上の階に運ぶというわけだ。

「ロビーを通って中央階段から行けば、必ず敵の目に入ります。ここから二階に向かう方が見つからないし、目的の部屋に近い」

この式場のブライズルームは新郎と新婦で分かれている。新婦用の控え室は北側にあり、配膳室のちょうど隣に位置している。ダムウェーターはその配膳室に繋がっている。正面突破するよりかは楽だろう。

「あたしは料理じゃないんだけど」ローサが反論した。「こんな狭いとこ、入んねえって」

「問題ありません。この棚は着脱式ですから」

八木は中の仕切り板を抜き取った。

「よく知ってんなぁ」

「千尋さんのご実家にも、同じ型番のダムウェーターがあるので」

「え、家にエレベーターあんの？」どんだけ豪邸なんだよ、とローサは目を丸くしている。

「あんたはどうする？」

「ロビーにいる二人組を倒します」上品に、と付け加える。

「手伝ってやろうか？」

「結構です。あなたがいると邪魔なので」正直に答えると、ローサに睨まれた。

仕切りを取っ払えば七十センチ四方の空洞になる。女性一人なら入れないこともない大きさだ。ローサが体を折り曲げて潜り込んだところで、八木は外からボタンを押した。ダムウェーターの扉が閉まり、二階へと上昇した。


「……あの子、何をしてるの」

警備員室のモニターを眺めながら小百合はため息を吐いた。厨房に設置された防犯カメラの映像にローサが映っている。最初はネギを振り回していたが、今度はジャガイモを投げつけている。何を遊んでいるんだと呆れたくなる光景だが、本人はいたって真剣だった。

ローサと共闘している男は警備員の格好をしている。変装した八木だ。ローサとは打って変わって、こちらは手際よく敵を片付けていく。

『おい、誰か聞こえるか？　今の状況はどうなってる？』

イヤフォンに蒲生の声が届いた。

「聞こえるわ」と、小百合は呼びかけに答えた。「私は地下のフロアにいる。ローサと八木くんは一階の厨房で戦闘中」

『戦闘？　大丈夫なのか？』

小百合は画面に視線を向けた。劣勢ではなさそうだが、問題はそこではない。「かなり大暴れしてるから、私たちの存在もそのうち気付かれるでしょうね」

『時間がないな』蒲生の舌打ちが聞こえてきた。『警察は人質を見捨てる気だ』

テロリスト側はとっくに犯行声明を出している。すでに特殊部隊が駆け付けていてもおかしくない頃合いだが、正面玄関の外に設置された防犯カメラの映像を見た限りでは、建物を包囲する警察の姿はなかった。

『いっそのこと爆弾が爆発した方が好都合だろう。全員の口を封じてくれるしな』

「口を封じる？」小百合は警備員室の外に出た。従業員の更衣室へと足を踏み入れながら尋ねる。「どうして」

『連中の目的は真実の公表なんだ。帝国教会の秘密を暴こうとしている』

蒲生はテロリストの主張を簡潔に要約した。帝国教会が国家ぐるみで工作した架空の存在だという事実には驚かされたが、そう考えればいろいろと辻褄は合う。山室麻衣は教団の真実を知っていた。だから、記憶が完全に戻る前に始末された。教団を調べていた藪や千尋が命を狙われたのも、国による作り話が暴かれることを防ぐためだろう。

披露宴の出席者は岩田の演説によってその事実を知ってしまった。となると、確かに蒲生の言う通り、この件に絡んでいる三条元警視総監を始めとする警察上層部や政治家はテロリストの要求を退け、何が何でも秘密を守り抜きたいところだろう。今頃その連中は、犯人が起爆スイッチを押して会場が跡形もなく消し飛ぶことを願っているかもしれない。

『会場内の動きが気になるな』という蒲生の言葉には、小百合も同意だった。蒲生の話によると、岩田は三十分後に川島恵太を殺すと宣言したという。その時刻が迫っている。

更衣室のロッカーを一つ一つ開け、中を確認しながら尋ねた。「犯行は生配信しているんでしょう？　確認できないの？」

『それが、いくら検索しても配信先が見当たらないんだ』

「おかしいわね」小百合は首を捻った。岩田が嘘を吐いたのか、それとも情報を規制しようと国が手を打ったのか。

「テロの首謀者は岩田なの？」

『わからない。だが、これだけの人手を集められるだけの資金力が、この男にあるとは思えない』

「支援者がいるのかも」

『ただ、岩田が純粋にこの国を変えようとしていることは確かだろう』

「他のメンバーは彼の思想に賛同して、協力を？」

『もしくは、報酬目当てだな。身元が判明している奴を詳しく調べてみたら、半数が借金を抱えていることがわかった』

「テロ組織としては三流ね」

『だが、厄介なことに動機は十分だ。山口信介の家族を洗ってみたら、奴の兄は二年前に過労死していた』

　話が読めてきた。「もしかして、勤め先は川島電器？」

『そういうことだ』

　山口は復讐《ふくしゅう》、大津は金。同じ方向を向いているわけではないが、全員が岩田のテロに加担するだけの理由を持っているということか。

『それで、爆弾は見つかったか？』

「地下にはないみたい」一通り検めたが、見つからなかった。小百合は階段へと向かった。「これから一階に上がって、女子トイレを調べるわ」

『一階の厨房にもありませんでした』

突如、八木が会話に入ってきた。

「ローサは？」

『二階に行きました。一度、合流しましょう。ロビーまで来てください』

了解、と頷き、小百合は階段を上った。警戒しながら通路を進む。敵の姿はなかった。ロビーの中央階段の裏側に、八木がいた。たった一人で見張り役を倒してしまったようで、彼の足元には失神した二人の男が転がっていた。揉み合った形跡がないことからスマートなやり口が窺える。背後から密《ひそ》かに接近して順に片付けたようだ。あの千尋が連れて歩いているだけのことはあるな、と小百合は感心を覚えた。

「呼んでくれたら手伝ったのに」

声をかけると、八木が薄く笑った。「汚れ仕事は私の役目ですから」

「千尋くんが羨ましいわ」微笑み返し、小百合は二階を一瞥する。「うちの子と交換してくれないかしら」

「彼女に政治家の秘書は無理でしょう」八木が軽口を叩いた。「むしろ、あの面の皮の厚さは政治家向きですよ」

小百合はくすりと笑った。まったくもって同意だ。

ダムウェーターとやらに乗り込み、ローサは二階へと上がった。辿り着いた先は配膳室で、料理を載せるための作業台やラック、会場に運ぶためのトレイやワゴンが並んでいる。この部屋の隣が新婦専用の控え室だと八木は言っていた。ローサは配膳室を出てから、最初の扉に手を伸ばした。いつもなら後先考えず中に飛び込むところだが、ふと先刻の小百合とのやり取りが過り、思い留まった。

そっと、静かに、少しだけ扉を開け、隙間から部屋の中を覗き込む。大きな姿見が見えた。鏡の真ん中に男が映っている。礼服姿だが、招待客ではなさそうだ。ドレッサーに腰を下ろし、煙草を吹かしている。拳銃は腰に差してあった。客に扮して潜入していたテロリストだろう。

その男の視線の先には、カラードレスに着替えた姉がいた。彼女は晴れ舞台に似つかわしくない怯えた表情を浮かべ、身を強張らせてヴィクトリアン調のソファに座っていた。その傍らには二人の女性がいる。ヘアメイク係と着付け係のスタッフのようだ。

監視役のテロリストは一人だけだった。何とかなると踏み、ローサは突入した。突然の侵入者に男は驚き、慌てて立ち上がった。拳銃を抜こうとしていたが、その前にローサはタックルをお見舞いし、相手を押し倒した。銃を奪い取り、その銃身で数回頭を殴ると、男は動かなくなった。やり過ぎたかと青ざめながら脈を確認する。気絶しただけのようで、ローサはほっと息を吐いた。

姉と目が合った。彼女は瞳を大きく見開いていた。落ち着きのあるスモーキーブルーのドレスは、派手な顔立ちの彼女によく似合っている。

こうして会うのはあの日以来だ。姉の顔を見た瞬間、不意に目頭が熱くなった。面会室での彼女の顔が頭を過る。ごめんと謝りたかった。自分の罪のせいで姉を苦しめた。申し訳なかった。そのドレス似合ってる。幸せになって。言いたいことが山ほどある。

そのすべてを呑み込み、ローサは顔を逸らした。

「外に逃がしてやるから、付いてこい」

戸惑いながらも彼女たちは従った。三人の女を引き連れ、廊下に出る。見張りはいなかった。階段を下りて来た道を戻り、ローサは非常口まで先導した。何か言いたげな顔でこちらに視線を送る姉から目を逸らし、先を急ぐ。

目的地に無事辿り着き、「ここから外に出れる。すぐに建物から離れろ」と、ローサは命じた。

ドアを開け、三人を外に出したところで、

「ローサ」姉が声をかけてきた。「どうして、ここに……」

どうして？　そんなの決まっている。姉貴を助けるためだ。――とは、言えなかった。彼女はもう荒川アンナではない。自分の姉ではない。別人だ。

「あんた、誰？」

素っ気なく返し、ローサは花嫁に背を向けた。

「あたし、あんたのこと知らないんだけど。人違いじゃねえの？」

背後で扉が閉まった。これでいいんだ、と自分に言い聞かせる。

『下手な芝居』

『棒読みでしたね』

『格好がつかねえなぁ』

通話を繋ぎっぱなしにしていることをすっかり忘れていた。全員に筒抜けだったようだ。端末のスピーカーから小百合たちの笑い声が聞こえてきた。

「……うるせえよ、あんたら」

気恥ずかしさを誤魔化そうと、ローサは舌打ちした。

「新婦の控え室にいた奴、一人倒した」端末を耳に当て、報告する。「みんな、今どこにいんの？」

『一階のロビーよ』

正面入り口周辺にいた二人の男は八木が制圧したらしい。これで宴会場の外にいる敵は全員倒したことになる。「残りは中の連中だけか」

『会場内の映像を送ります』

八木が言った。URLが送られてきた。リンク先に飛んでみれば、披露宴会場の映像が表示された。中央に岩田が立っている。右手に握った拳銃を川島恵太に向けている。

『この映像、どこからの情報だ？』

蒲生が尋ねた。八木が口にしたのは予想外の名前だった。『千尋さんです』

ホテル・グランドロイヤル東京。最上階にあるスイートルームのドアをノックすると、同業者の女が顔を出した。三角巾で腕を吊《つ》る千尋の姿を眺め、上原瑠璃子は少し驚いた顔で笑う。

「元気そうね。意識不明の重体だと聞いてたけど」

「マスコミの報道なんて、当てにならないものですよ」先輩議員に向かって千尋は柔和な笑みを返した。「まあ、そんなことは重々ご存じでしょうけど」

銃弾は幸い命中せず、左肩を掠《かす》めた。それでも威力は凄《すさ》まじく、今でも鎮痛剤が欠かせない。マスコミに大げさに報道させたのは敵の目の届かないところで自由に動くためだ。

「少し話せますか?」千尋は赤ワインのボトルを掲げた。「いいワインを持ってきたんです」

上原が「どうぞ」と招き入れる。部屋に足を踏み入れた千尋は真っ先に窓際へと向かった。

「さすがはグランドロイヤルのスイート、いい景色だ」外を眺めながら呟く。四車線の道路を挟んだ反対側には、例の結婚式場がある。「ここからだと、あの式場がよく見える」

窓際にはテーブルと二脚の椅子が置かれている。千尋は左の椅子に腰を下ろして部屋を見渡した。百平米を超えるエグゼクティブスイート。リビングルームには大画面の最新型液晶テレビやデスクセット、ウォークインクローゼットやインルームバーまで付いている。彼女は共国党の二回生議員。野党の若手衆議院議員が理由もなく泊まるには分不相応な部屋だ。

「わざわざこんな部屋を用意したということは、やっぱり建物ごと爆破するつもりですか？」

「……何の話をしているの？」

切り込んだ千尋の言葉を、上原は首を傾げて受け流した。ルームバーの棚からグラスを二つ取り出し、涼しい顔でテーブルの上に並べる。

「駆け引きはやめましょうよ、時間の無駄です。あなたが今回のテロの黒幕だということは、とっくにわかっていますから」

という千尋の言葉に、上原は無言で肩を竦めた。否定を諦めたようだ。向かいの椅子に腰を下ろし、腕を組んで千尋の話に耳を傾ける。

「テロの映像をライブで繋いで、生配信しているそうですね。それにしては、反響が少ないと思いませんか？　ネットで話題にもなってない」

千尋はグラスにワインを注ぎ、

「なぜでしょうか？」

と、目を細めた。対する上原は目を見開く。「……まさか、あなたが何かしたの」

千尋は頷いた。「テロリストが式場の無線ＬＡＮを使うなんて、いくらなんでも甘すぎる。あなたもこのホテルのフリー接続を使っていますよね？　接続した瞬間にウイルスに感染するよう仕組んでおきました。今、あなたたちのテロ動画の配信は停止され、画面は真っ暗の状態です。もちろん、音声も流れていない」

上原が初めて狼狽《ろうばい》した表情を見せた。すぐにスマートフォンを確認する。「でも、映像はちゃんと配信されてる」

「ミラーサイトを用意して、生配信はそちらに流してるんですよ。あなた方が映像を確認する際には、そのサイトに接続されるよう誘導してある。つまり、日本国民の誰一人として、あのテロ行為を見ていないということです」

今現在、テロリスト以外で会場内の映像を視聴できるのは、千尋がミラーサイトのリンクを送信した八木のみである。左手が使えないので作業が大変でしたよ、と千尋は苦笑した。

「……今すぐハッキングをやめなさい」苛立ちを孕《はら》んだ声色で上原が言う。「爆破されたくなければ」

「やっと本性が出たな」

脅しを軽く笑い飛ばし、千尋はグラスを手に取った。ワインで喉を潤してから話を続ける。「おかしいと思ってたんだ。どうしてキミたちが川島家の結婚式当日を狙ったのか。真実を公表させたいのなら、三条義之の孫だけを人質にすればいい。それなのに、わざわざ式場を占拠し、保坂を殺した。これはどう考えても無駄だ。いくら孫の友人とはいえ、保坂や川島を始末したところで三条の爺さんの心が動くとは思えない」

「この世に必要ないでしょう?」上原は嘲笑を浮かべた。「親の力に甘えてばかりのお坊ちゃんなんて」

「耳が痛い言葉だ」

「生きてても無駄なのよ、あんな腐った連中は。だから、テロのついでに無能な御曹司たちを片付けることにしたの」

「岩田もそう言ってた。不相応な人間が権力を与えられている理不尽さへのアンチテーゼ。それがキミたちの主義なのかと思った」

グラスをテーブルに置き、千尋は脚を組んだ。

「ところが、新郎の川島恵太は無能じゃない。彼は長男より優秀だ。現に、彼が打ち出した施策のおかげで会社の業績は回復傾向にある。あれだけ徹底して標的を調べ上げていたあなた方が、その事実を知らないわけがない。それでも川島を標的にしているというのは不自然でしょう。これじゃあ、ただの上流階級に対するヘイトクライムだ。そうでなければ、個人的な事情があるとしか思えない」

上原の瞳が僅かに揺らいだ。千尋は真相に近付いていることを確信した。

「あなたの目的は、復讐ですよね？」

視線を逸らして黙り込む上原に、千尋はさらに追い打ちを掛ける。

「帝国教会の信者の犯行とされている、大学教授リンチ殺人。殺された教授の名前は佐藤卓治。そして、あなたの本名は佐藤瑠璃子。上原というのは母親の旧姓だ」

帝国教会絡みの事件を洗い直しているうちに、千尋は被害者の娘が上原瑠璃子である事実に辿り着いた。非合法な方法で上原に関する情報を収集していたところ、彼女がグランドロイヤル東京のスイートルームを予約していることや、岩田と連絡を取り合い、この客室からよく見える式場でテロを計画している事実を知った。本人に直接確かめるために、千尋は今日この部屋を訪れた。

「まだ言い訳する？　佐藤なんてよくある名前だ、って」

上原はゆっくりと首を振った。ようやく口を割る気になったようだ。千尋の顔を睨むように見つめ、低い声で告げる。

「そう。あの三人が、私の父を殺した」

保坂ら三名は、上原の父親の勤務先の大学の学生であり、佐藤卓治の講義を取っていたという。当時からやりたい放題で、授業態度は褒められたものではなかったようだ。

「当然、父は彼らに単位を与えなかった。それが原因で、三人とも留年することになった。逆恨みしたあいつらは、帰宅する父の後を尾行して、人気のないところで襲い掛かったの」

取り囲み、金属バットで殴打しているうちに、佐藤卓治は動かなくなった。三人は慌てて逃げ去った。翌日、路上で冷たくなっている佐藤が発見されたという。焦った彼らは親父に泣きつき、三条義之が中心となって事件を揉み消した。

「事件の数日前、父はテレビ番組にコメンテーターとして出演していた。そのとき帝国教会について批判的な発言をしていたことを、利用された」

「馬鹿にされて憤慨した帝国教会の信者が、大学教授を暴行したように見せかけたわけだ」

当時を思い出したようで、上原は両手で顔を覆った。声が震えている。「父は全身内出血してた。顔も腫れ上がっていて、誰かわからないくらい酷い状態だった」

彼女の話によると、三条は退官後、天下り先の警備会社の顧問に就いたが、ここでも好き勝手にやっているという。その会社は退職した自衛官や警察官の受け皿となっているが、海外の民間軍事会社との繋がりがあり、特に優秀な人材を派遣して傭兵染みた汚れ仕事をやらせているそうだ。

「三条義之はその中でも使える人材を集めて、自身が好きに操れる『作業班』を作った。あいつはこの国のフィクサーの一人。事件はすべて彼が裏で糸を引いている。野村も言ってた、三条に相談すれば何でも解決してもらえるって」

「野村政調会長の愛人になったのは、彼と旧知の仲である三条義之の情報を訊き出すためだったのか」

上原は「あの親父、愛人には口が軽いから」と赤い唇を歪めた。

その作業班には元陸自のスナイパーや元公安の捜査員など、あらゆる分野に長けた人材が集められているという。三条は彼らを手足のように使い、これまで数々の隠蔽工作を行ってきた。時には自分の保身のために、時には他者に恩を売るために、事実を都合よく捻じ曲げ、邪魔な人間は容赦なく始末した。

「週刊文衆の記者を殺したのも、あの男の命令よ。あなたの狙撃もね。帝国教会を嗅ぎ回っていることを知って、邪魔になったんでしょう」

千尋の父である松田法務大臣に脅迫状を送り、帝国教会の「自称」元信者である男の死刑執行を停止させようとしたことも、教団の仕業だと思わせるカムフラージュだったというわけだ。

「……帝国教会は、三条の隠《かく》れ蓑《みの》に過ぎなかったのか」

十五年前、特殊部隊が突入した教団施設で暮らしていたのはカルト教団の信者ではなく、ただのヒッピーコミューンだった。帝国教会という架空のテロ集団を作り上げることで、炭疽菌汚染という人災を隠蔽し、ついでに施設内で大麻を栽培していた無法者の集まりを殲滅《せんめつ》する口実に利用した、というのが一連の真相だ。上原が三条や教団に纏わる極秘事項を知り得たのは、すべては女にだらしのない政治家のおかげだった。

「三条に狙われて死ななかった人間は、私が知る限りでは、あなたが初めてよ」

上原が目を細めた。千尋は「ボディガードが優秀だからね」と一笑した。

「その三条に対抗するために、キミも男たちをスカウトして、反政府テロ組織を作り上げたのか。いや、テロ組織というよりは傭兵部隊かな。政治的なイデオロギーを持っているのは岩田くらいだし」

「そうね」と、上原が頷く。「岩田を仲間にするのは簡単だった。余程この国を愛してるんでしょうね。甘い理想を囁《ささや》いてやれば、すぐ乗り気になってくれた。……金目当ての男はもっと簡単だったけど」

「キミは自分の選挙資金を、彼らの給料につぎ込んだわけだ」

上原が話題を変える。「それで、わざわざここへ来た目的は何？　私を捕まえるため？」

「交渉するためだよ」千尋は答えた。「今日の犯行の映像はすべて録画してある。テロリストを全員撤退させて、人質を解放してくれたら、そのデータを渡す。後はネットに流そうがマスコミに送ろうが、好きにすればいい。もちろん、キミのことは警察には話さない」

「どうしてそこまでするの？」上原がからかうような声色で尋ねる。「招待客の中に恋人でもいる？」

「ここで川島電器の幹部たちに恩を売っておけば、次の選挙が楽になるからね」

「さすが二世議員。骨の髄まで政治家ね」

と、上原が声をあげて笑った。

「残念だけど、撤退は無理よ。私たちは目的のために手を組んだだけだから。彼らの中には、川島電器を恨んでいる者もいる。川島の御曹司も殺されるでしょうね。保坂のように」

上原は岩田たちを使い、川島恵太と三条翔を殺すことで父親の復讐を果たすつもりだ。千尋の交渉に応じ、三人の罪を白日の下に晒して断罪することよりも、彼らをこの世から抹殺することを選ぶというのか。

わかった、と千尋は答えた。上原の決意は固い。これ以上の説得は無駄だろう。椅子から腰を上げ、

「勿体ないなあ」

と、独り言のように呟く。

「あれだけ使える人材を集めて、武器と金も手に入れて、せっかくチームを作ったのに、目的がただ三人のクソガキを始末するだけなんてさ」

含みのある千尋の言葉に、上原が眉を寄せた。「……何が言いたいの？」

千尋は質問には答えなかった。上原に背を向け、「勿体ない」と繰り返す。

「あんな小物を倒したくらいじゃ、キミのお父さんだって浮かばれないだろうに」

「言いたいことがあるなら」上原が語気を強めた。「はっきり言いなさいよ」

ドアの前で立ち止まり、振り返る。千尋は懐から一冊の新書を取り出した。タイト

ルは『沈みゆく日本』、著者は佐藤卓司。初版本の刊行年は今から十年以上前だ。

上原の揺れる瞳を見つめ、千尋は囁いた。「お父さんが書いた本を読んだよ。彼がこの国のことを本当に考え、危機感を抱いていたことが十分に伝わってきた。岩田と同じだ。大学教授としてもコメンテーターとしても政治の腐敗に切り込み、この国を良くしようと努めていた。それが彼のライフワークだったんだ。そんなお父さんの無念を晴らしたいなら、保坂たちを殺すことはゴールじゃない、スタートだよ。他にもやるべきことがあるはずだ。キミは今、それを実現できる力を手に入れてるんだから」

上原の返事を待たずに千尋は退室した。エレベーターに乗り込み、携帯端末を取り出して文字を打ち込む。交渉決裂、あとはお願い。送信先は私設秘書だ。


八木たちは一階のラウンジで合流し、ここに至るまでの各自の動きを確認した。ロビー周辺にいた二人と厨房の二人、様子を見にきた二人、見回り役が一人、非常口を見張っていた男が一人、それから新婦の控え室にいた男が一人――計九名のテロリストは制圧済みだ。残りは披露宴会場の中にいる三名のみ。蒲生の調べによって敵の身元は判明している。岩田秀俊と山口信介、もう一人は広瀬清孝。全員が元陸自だ。テロの黒幕は上原瑠璃子衆議院議員である。千尋が交渉に向かったが、結果は芳しくなかったと連絡があった。上原は岩田たちを撤退させる気はないようだ。腕時計を一瞥してから、八木は「突入します」と告げた。そろそろ三十分が経つ。次の人質が殺される時間だ。百人を超える他の招待客はどうなろうと構わないが、新郎の川島恵太と親族、川島電器の幹部だけは千尋の選挙のために守らなければならない。「後は私に任せて、二人は逃げてください」

新婦は無事に逃がした。彼女たちはもうこの会場に用はないはずだが、小百合もローサも退避するつもりはないようだ。

「一人で美味しいところを持っていく気？」

「そうだよ、こっからが一番面白いんじゃん」

八木は肩を竦めた。「……千尋さんのご友人は命知らずばっかりだ」

会場内の様子を映した動画を注視しながら、突入の算段を考える。中央の扉を入って右に広瀬、左に山口、正面の新郎新婦席付近に岩田が立っている。どうにか隙を作れないだろうか。たとえば、会場の電気を切って暗闇に乗じて侵入するとか、もしくは火災が発生したように装って混乱を誘うとか。

あれこれ頭を悩ませていたところ、不意に一発の銃声が聞こえてきた。八木たちはぎょっとして顔を見合わせ、すぐに端末を確認した。会場内の様子を映した動画の中で岩田が動いている。先程までは新郎を狙っていた銃口が、今は招待客の一人に向けられていた。

今回は威嚇射撃ではなかった。三条が撃たれていた。彼は痛みに喘《あえ》ぎ、傷口を押さえながら床に転がった。右脚の腿の辺りから血が流れている。会場から悲鳴があがった。

なぜ川島ではなく、三条が先に撃たれたのか。その理由は、岩田自身が説明していた。『どうやら、この建物の中をうろついている輩《やから》がいるようですね。警察関係者でしょうか。こちらに残された時間はあまりないようなので、のんびり待っているわけにもいかなくなりました。三条さん、見ていますか？　早く真実を公表しないと、お孫さんの命はないですよ』

我々が動いたせいで三条の死期が早まったようだ。床に倒れた三条に向かって岩田が再び引き金を引く。右肩と右手に一発ずつ撃ち込み、のたうち回る人質を見下ろしながら、『次は左脚です』と宣言した。

会場はパニックに陥っていた。一人の男が席を立ち、悲鳴をあげながらドアへと走った。あの都議会議員だった。彼を皮切りに、次から次へと招待客が走り出す。百人を超える人の波が一気に扉に押し寄せ、大混乱を招いている。

「行きましょう」と小百合が言った。八木たちはすぐに階段を駆け上がり、宴会場を目指した。ところが、人の波に押し返され、なかなか会場まで到達できない。二階の廊下と中央階段は逃げ出した客たちで混雑している。人の流れに逆らいながらテロリストの姿を探す。

一階のラウンジ方面から、「助けてくれ」という悲鳴が聞こえてきて、八木は振り返った。タキシード姿の男が見える。新郎の父親、川島電器の社長だ。逃げ惑う彼を追い掛けているのは山口だった。川島電器に勤めていた山口の兄が過労死したという蒲生からの情報が頭を過る。復讐を果たす気でいるのか、山口は社長の頭に銃口を突き付けていた。

「山口は私が」と二人に告げ、八木は廊下の手摺《てすり》を乗り越えた。二階から一階へと飛び降り、今にも引き金を引こうとしている男に体当たりする。山口の体が弾かれ、ラウンジのソファに激突した。山口が落とした拳銃を右足で遠くに蹴り飛ばし、直後に左足で敵を蹴り飛ばす。仰向けに倒れた敵の鳩尾を、千尋に買ってもらったイタリア製の高級革靴で踏みつけた。噎せながら立ち上がった山口の頭を摑み、八木は壁に叩きつけて止めを刺した。

気絶した山口から腰を抜かしている川島へと視線を移し、

「お怪我はありませんか、川島様」

と、八木は手を差し出した。

川島は唖然としていた。八木の手を摑んで立ち上がり、震える声で尋ねる。「き、君はいったい……」

「ご挨拶が遅れました」反対の手で相手の体を支える。銃声と悲鳴が響く中、八木は微笑みを浮かべ、穏やかな調子で答えた。「私、松田千尋の秘書をしております、八木と申します。松田がいつもお世話になっております」


結構な高さがあるにも拘わらず躊躇うことなく手摺を跨《また》いだ八木に、ローサは目を剝いた。八木は吹き抜けの二階から一階ロビーへと軽やかに着地すると、勢いよくテロリストにタックルした。命知らずなのはお前の方じゃないかと思う。

二階の披露宴会場が次から次に招待客を吐き出し、赤い絨毯が敷かれた廊下はまるで通勤ラッシュ時の駅のホームのように混雑している。誰もが我先にと出口を目指しているせいで、人とぶつかって倒れる者や、階段を転がり落ちる者もいた。下のフロアでは人々がパニック状態で右往左往している。

不意に銃声が聞こえ、直後に悲鳴があがった。廊下の北側、ちょうど新婦用の控え室の前に男が立っている。会場を占拠していた男の一人、広瀬清孝だった。広瀬は手摺から身を乗り出して銃を構えている。逃げ回る客を狙って引き金を引く。

再び銃声が轟《とどろ》き、一階にいる客たちが悲鳴をあげながら身を屈めた。銃弾は一人の女性客に命中していた。倒れた女が着ていたベージュ色のワンピースに赤い染みが広がっていく。それを見た客たちが蜘蛛《くも》の子を散らすように逃げていく。

広瀬は笑っていた。まるでシューティングゲームで遊んでいるかのように、薄笑いを浮かべて無差別に照準を定めている。次は躓《つまず》いて転んだ中年男を撃った。

ローサは人を掻き分けながら走った。やめろ、と叫び、勢いをつけて飛び蹴りを繰り出す。不意を突く脇腹への衝撃に、広瀬の体がくの字に折れた。同時に引き金が引かれたようで、狙いは大きく逸れ、弾は天井にめり込んだ。

床に転がった体勢のまま広瀬は銃を構えていた。今度は銃口をローサに向けて発砲する。一発の銃声。ローサはとっさに左へと動き、軌道を躱した。銃弾は危うく背後にいた客の一人に当たるところだった。これでは迂闊《うかつ》に避けられない。ローサは銃口に向かって直進し、男の腕を摑んだ。拳銃を握っている広瀬の右手を、手摺と自分の体で挟み込む。体重を掛けて男の腕を固定したまま、ローサは右腕で相手の顎の下を狙った。今度は男がローサの腕を摑み、揉み合いになる。下の階から「手伝いましょうか」という八木のすかした声が飛んできた。

軽く苛立ちを覚えながらローサは「うるせえ」と声を荒らげ、相手に膝蹴りを食らわせた。両手で胸倉を摑み、体を捻る。男の体を背中に担ぎ上げ、そのまま一階へと投げ飛ばした。

広瀬の体が手摺を乗り越え、下のフロアに落下する。全身を強打し、呻き声をあげた。激痛に耐えながら立ち上がる男の足はふらついている。そこにゆっくりと八木が近付き、男の顔面を殴って止めを刺した。身を乗り出して下のフロアを覗き込みながら、ローサは舌打ちした。いいところを持っていきやがって。

広瀬の他にも数人が倒れている。ローサはポケットの中から端末を取り出し、耳に当てた。「オッサン、客が撃たれた」

呼びかけると、蒲生の落ち着いた声が返ってきた。『救急車を呼ぶ。負傷者は何人だ？』

「えっと」ローサは辺りを見回した。倒れているのは撃たれた二人と、階段から転がり落ちて足を挫《くじ》いた一人。それから、クソテロリスト。指を指しながら数える。「いち、に、さん、し――」

次の瞬間、また銃声が聞こえてきた。今度は披露宴会場の中からだ。そういえば小百合の姿が見当たらない。もしかして、会場の中にいるのだろうか。

「小百合ちゃん！」

叫びながら、ローサは扉に体当たりした。

一階に逃げてきた人質を、小百合は非常口へと誘導した。数が落ち着いたところで中央階段を駆け上がり、宴会場に向かう。しんと静まり返った部屋の中には岩田がいた。新郎新婦用のテーブルに彼は腰かけていた。その横にはガラスの容器のような物体が置いてある。保坂に仕掛けられていた爆弾と同形のものだ。

「爆弾、あなたが持っていたのね」

声をかけると、岩田がこちらを見た。小百合は両手を上げ、ゆっくりと距離を詰めた。数歩先には三条が倒れている。血を流してはいるが気絶しているだけで、まだ息はあるようだ。

さらに歩を進めようとしたところ、「それ以上、近付かないでください」と岩田が声を張り、携帯端末を掲げた。画面の中に起爆スイッチらしきボタンが見える。

「岩田さん」

名前を呼ぶと、岩田は眉根を寄せた。「あなたは？　警察の方ですか」

小百合は首を振った。

「槙小百合、私立探偵よ」

「私立探偵？　探偵が、どうしてこんな場所に？」シャツにジーンズというラフな格好の小百合を眺め、岩田は失笑を零した。「招待客ではなさそうだが……目的は何です？」

「あなたと話をすること」

小百合は岩田を見据えた。

「ここで死ぬつもりなんでしょう？」

岩田は答えなかった。顔色を変えることもなかった。

「あなたの奥さんに会った。今も手料理を作って、あなたの帰りを待ってる。彼女は何も知らないんでしょう、あなたの計画のこと。夫が犯罪者だっていきなり知らされて、どう思うでしょうね。何の説明もないまま命を絶つなんて、長年連れ添った彼女に申し訳ないと思わない？」

「……そうですね、妻には悪いことをした。あなたから伝えてくれませんか？ 迷惑を掛けて申し訳ない、と」

「自分の口で伝えなさい、留置場の面会室で」

岩田はこの国に絶望し、同時に希望を抱いていた。相反する思いが彼をテロという凶行に導いてしまったのか。小百合は慎重に言葉を投げかけた。

「真実を告発する方法は、いくらでもあったはず。暴力を使う必要もないし、命を捨てなくても――」

「本当にそう思いますか？」

岩田が試すような視線を小百合に向ける。自分の言葉が単なる綺麗事だということは、小百合自身もわかっていた。

「余程のショッキングなことがないと、国民の心には届かない。そうでしょう？」

「たしかにそうね」

「今の時代、人々は膨大な情報に囲まれ、感覚が麻痺《まひ》しているんです。刺激に鈍くなっている。ただ人が一人死んだくらいじゃ、もう驚いてはくれない。心が動かないいんですよ。私一人が議事堂前で割腹自殺したって、世間は何とも思わない」

「だから、この建物を占拠して、関係のない大勢を巻き込んで、わざわざ保坂をあんな風に殺してみせたの？　あなたもあんな風に死ぬつもり？」

「ええ」岩田が頷く。「死に様が過激であるほど、人は興味を持ってくれる。どうしてこうなってしまったのか、その理由を知ろうとする。ほら、何らかの事件が起こると、世間は犯人の動機を知りたがるでしょう？　部外者のくせに馬鹿みたいに考察して、あることないこと書き立てて、犯罪者の心を知ろうとする。私の言動が常人に理解できないものであればあるほど、人々は私という人間を知りたがる。そうすれば、いつかは真実に辿り着く。この国がいかに腐っているかということを、いよいよ直視することになる」

岩田は自衛官として国のために命を懸けることよりも、この国を変えるために散ることを選んだ男だ。言葉で説得できる相手ではないことはわかっていた。小百合は黙ったまま彼の言葉に耳を傾けた。

「そのための犠牲に、私はなりたいんですよ」

岩田が動いた。微笑みを浮かべ、腰を上げた。小百合はすぐに腰に差していた拳銃を抜いた。素早く構え、引き金を引く。発射された弾丸は岩田の前腕を貫いた。彼が起爆ボタンを押す直前に端末が掌から転がり落ちる。

岩田が痛みに顔を顰めた。流血している手首を押さえている。小百合が銃口を向けると、岩田はおとなしく両手を上げ、再びテーブルに腰を下ろした。

「ごめんなさい、本当はこれに当てるつもりだったの」起爆用の端末を拾い上げながら小百合は眉を下げた。銃を撃つのは久々だ。手元が狂ってしまった。それに、密造銃ではなく正規品であれば狙い通りに撃てたかもしれない。などと心の中で呟いてみたが、誰に対して言い訳しているのか自分でもわからなかった。

銃口を見つめ、「殺してくれませんか」と、岩田が言った。

「そのお願い、私が聞くと思う?」

「いえ」岩田は微《かす》かに笑いながら首を振った。「言ってみただけです」

そのとき、小百合ちゃん、と自分を呼ぶ声がした。血相を変えたローサが部屋に飛び込んできた。「小百合ちゃん、大丈夫? 銃声がしたけど……」

「問題ないわ」銃口を岩田に向けたまま、小百合は命じた。「ちょうどよかった。ローサ、彼を拘束して」

「了解」

テロリストが持ち込んだ荷物の中に結束バンドが入っていた。バッグの中から一つ取り出し、ローサが岩田の腕を掴んだところで、

「その前に、一本だけ煙草を吸わせてもらえませんか？」

と、岩田が懇願した。

「駄目よ」小百合は一蹴した。「爆弾の導火線に、ライターで直接火を付ける気でしょう」

すると、岩田は声をあげて笑った。図星だったようだ。憑《つ》き物《もの》が落ちたような顔で言う。「私の負けですね」

ローサが岩田の手足を縛っている間、小百合は倒れている三条に近付いた。気絶したままだ。テーブルクロスを裂いて包帯代わりにし、傷口を縛って止血していたところ、三条が目を覚ました。小百合の顔を見るや否や、彼は泣き出した。

撃たれた、痛い、助けて。まるで癇癪を起こした子供のように大声で喚き散らしている。少し静かにしてくれないかと三条にうんざりしていたところ、

「うるせえよ」

呟いたローサが三条を殴りつけた。現役時代を彷彿とさせる噂の右フックが顔面に直撃し、三条は再び眠りについた。よくやった、と小百合はローサを称《たた》えた。

サイレンが引っ切り無しに鳴り響いている。式場前の駐車場には数台の救急車が並んでいて、怪我人を搬送していた。さすがにここまで大騒ぎになれば警察も駆けつけざるを得ないだろう。会場に突入した警官たちが、すでに拘束されているテロリストたちを見つけて呆気に取られる姿が目に浮かぶ。

式場の裏に停めていた愛車にローサと八木を乗せ、ここから少し離れた場所にあるコインパーキングへと向かう。蒲生と千尋がそこで待っていた。

「やあ」と、千尋は三角巾で吊るしていない方の手を上げた。狙撃されて死にかけたとは思えないほど暢気な声色だ。「みんな、お疲れ様」

ローサが目を丸くしている。「松田センセー、元気そうじゃん。意識不明じゃなかったの？」

「そういうことにしといた方が、いろいろと動きやすいと思ってね」

敵の注意を逸らし、秘密裏に調べを進めるために大怪我を装っていたわけか。なんだよ、とローサは口を尖らせ、彼の秘書を睨んだ。「あんたも知ってたのかよ」

「ええ。口止めされておりまして」八木は涼しい顔で答えた。

彼が小百合の事務所を訪れたときにはすでに千尋は退院し、裏で元気に動き回っていたそうだ。あのときの主の身を案ずる八木の表情は真に迫っていた。「たいした役者だよ」と蒲生が皮肉を吐いた。

狭い狭いと文句を言いながら千尋と蒲生が後部座席に乗り込んだところで、「腹減ったなぁ」ローサが呟き、提案した。「ねえ、みんなで飯食いに行こうよ。センセーの奢りでさ」

「いいわね」と、小百合も同意した。「これだけ働かされたんだから、それぐらいは当然よね」

蒲生も話に乗る。「政治家の先生なら、いい店知ってそうだなぁ」

「あたし、寿司がいい。回らない寿司」

「……はいはい、わかったわかった」千尋は渋々頷いた。「八木、いつもの店に電話して、個室押さえといて」

「承知しました」

ローサは何のネタを注文しようかと目を輝かせ、回らない寿司屋に思いを馳《は》せている。先日のファミレスでの食いっぷりが頭を過り、

「覚悟した方がいいわよ」と、小百合は千尋に忠告した。「この子、尋常じゃない量食べるから」

千尋の緩んだ口元がミラー越しに見えた。

「……何がおかしいの？」

「いや、楽しそうだなと思って。一人が好きとか言ってたくせに、結構可愛がってるじゃん」

からかうような声色だ。小百合はむっとして、助手席に声をかける。「ローサ、松田先生が好きなだけ食べていいって。遠慮はいらないわ。高いネタから順番に握ってもらいなさい」

はーい、という元気な返事が返ってきた。

千尋は眉を顰めている。隣に座る秘書に耳打ちした。「……ねえ八木、これって経費で落ちる？」

「無理でしょうね」八木は一蹴した。「プライベートな会食なので」


その後、結婚式場で発生した例の立てこもり事件は、表向きにはカルト教団の残党による単なる反政府テロとして終息した。

実行犯の全員が逮捕されたと報道されていた。ほとんどが金で雇われたと供述したが、主犯格と目されている岩田秀俊だけは今も口を閉ざしているという。当の上原はお咎めなしだった。彼女が黒幕だと気付かれていないのか、それとも気付いている上で当局が泳がせているのかは定かではない。

帝国教会は三条という男がでっち上げた架空のカルト教団だ。テロから一週間以上が経った今でも、日本中が得体の知れないその団体に踊らされていた。龍山亭のテレビにも大真面目な顔で過去の教団絡みの事件を解説するニュースキャスターの姿が映っている。最近ネット上では教団の元信者だと騙る者はおろか、久留須の学生時代の友人だと言い出す者まで現れたそうだ。馬鹿馬鹿しさを通り越して末恐ろしさすら感じる。

「世の中デマばっかだな。帝国教会なんて存在しないのに」テーブル席でラーメンを咀嚼しながらローサは吐き捨てた。「何が本当で何が嘘なのか、わかんねえや」

正面には千尋、隣には小百合が座っている。三人でテーブルを囲み、豚骨ラーメンを啜る。味はいいのに、この店はいつも閑古鳥が鳴いている。今日もローサたち以外に客はいなかった。

「披露宴の招待客にも箝口令《かんこうれい》が敷かれてるみたいだね」千尋が口を開いた。「ボクのところにも察庁《サッチョウ》の役人が来たよ。八木が誓約書を書かされた。今回の件について一切口外しないようにって」

「あたしらのこともバレてんじゃないの？」ふと不安が過る。あの日は式場でかなり大暴れした。「防犯カメラにも映ってるだろうし」

「その心配はない。式場のカメラの映像は、ちゃんと根回しして消去してもらってるから。あの日、キミたちはあの場にいなかったことになってる」

「へえ、さすがセンセー」

存在しないはずの帝国教会の犯行声明文が世間を揺るがせたのは、一昨日のことだった。声明文にはこの社会の膿《うみ》を取り除くという大義のもと、三条義之元警視総監を暗殺するという旨が記されていた。送り主は教祖である久留須聖圓。宣言通り、三条は帰宅したところを狙われ、バイクに乗った二人組によって射殺された。

ニュース番組はどこも狙撃事件で持ち切りだ。画面を見つめながら、ローサは口を開く。「誰が殺ったの、これ」

「おそらく、首謀者は上原瑠璃子だろうね」千尋が答えた。

上原というのは千尋と同じ国会議員で、テロ事件の陰の黒幕だ。三条の孫たちのせいで過去に父親を亡くしている。式場の立てこもりは、身内の復讐を果たそうとした上原と、この国の行く末を憂えた岩田が手を組んだことで起こった事件だ。だが、マスコミで報道されている情報は「帝国教会の信者によるテロ」ということだけ。数々の事件を隠蔽してきた三条も、暴行殺人を犯した三人の御曹司も、テロの真の首謀者である上原も、一切糾弾されていない。

「三条義之がでっち上げた帝国教会を上原が乗っ取り、教団の名のもとに三条を始末する。最高の復讐だ」千尋が薄笑いを浮かべながら三条の死を語る。「自らが作り上げた怪物に殺されるなんて、皮肉が利いてるよ」

黙り込んで高菜ラーメンを食べていた小百合が手を止め、口を開いた。「あなたが上原瑠璃子を唆したんでしょう?」

「よくわかったね」と、千尋が頷く。

箸を置き、小百合は肩を竦めた。「自分の命を狙う存在を、あなたが野放しにしておくはずがないもの」

「甘い理想を囁いてやれば、すぐ乗り気になってくれる。——彼女の言う通りだったな」

三白眼を細めて千尋が言った。

「作り話《フィクション》が現実になった。久留須の威を借る彼女が次に何を仕出かすか、楽しみだよ」

教祖の名を騙って声明文を送りつけたのは上原の意趣返しだ。彼女が復讐者から本物のテロリストへと化したことに千尋は満足そうだった。小百合が「相変わらず人が悪い」と眉を顰めた。

「それにしても」と、千尋が話題を変える。「せっかくのお姉さんの晴れ舞台、残念だったね。式は後日、やり直すみたいだけど。今度は身内だけで」

あんなことがあったというのに、姉はまだ川島と結婚する気でいるらしい。それがローサには不満だった。

「川島って男、過去に大学教授を暴行して殺したって話だろ？　そんなクソ野郎と結婚してほしくないんだけどな」

「あなた、自分の過去を忘れたの？」小百合がこちらに顔を向け、眉を寄せた。「その人の人となりなんて、外野にはわからないものよ」

という小百合の言葉に、ローサは「確かに」と反省した。理由はともかく、過去に男を暴行して殺した自分も傍から見ればクソ野郎だ。

川島恵太がどんな人間かなんて自分は知らない。事件のことだって、真実はわからない。暴行を主導したのか、それとも単に他の二人に巻き込まれただけなのか。そもそも犯罪に関わったことが事実かどうかも定かではないのだ。

結婚式の最中にあれだけの大事件が起こったのだから、姉だって婚約者の過去を問い質さないはずはない。それでも破談にしないという彼女の判断を信じるべきだろうか。

そもそも自分が川島と結婚するわけでもないし、川島たちに父親を殺されたわけでもない。勝手に悪人だと決めつけ、部外者が騒ぎ立てて断罪することではないはず。自分だって、小百合たちのようにフラットな目で見てくれる存在がいたおかげで、こうして飯を食っていられるのだ。三杯目の替え玉を平らげながら、ローサは嚙みしめるように言う。

「高級店の回らない寿司も悪くないけどさ、やっぱこれくらい安っぽい味がいちばん美味いよなぁ」

「……人の金で散々食べといて、それ言う？」千尋が睨んできた。

そのとき、小百合の携帯端末が鳴った。着信だ。電話口でのやり取りからして仕事の依頼が入ってきたようだ。

通話を切って席を立った小百合に、ローサは「仕事？」と尋ねた。

「ええ。これから依頼人と会って、話を聞くことになった」

「そっか」

いってらっしゃい、と心の中で呟く。両手で器を抱えて豚骨味のスープをちびちび

と飲んでいたところ、

「何してるの。早く食べてしまいなさい」

と、小百合がため息を吐いた。

どうやら自分も連れてってくれるらしい。目を輝かせ、残りのスープを一気に飲み干す。慌てて立ち上がったローサに、いってらっしゃいと千尋が笑顔で手を振った。

あとがき

この度は拙著をご購入いただきありがとうございました。少しでも読者さまに楽しんでいただけることを願っております。

普段は『博多《はかた》豚骨《とんこつ》ラーメンズ』というハートフルな小説を書いておりまして、そのシリーズのキャラクターが本作にも登場しています。要するに『百合《ゆり》の華《はな》には棘《とげ》がある』は『博多豚骨ラーメンズ』のスピンオフ作品となるのですが、まったくの新作のつもりで書いておりますので、『博多豚骨ラーメンズ』を読んだことがなくても問題のない内容になっているかと思います。ご安心くださいませ。

もし、槙小百合や松田千尋の過去が気になった方は是非、『博多豚骨ラーメンズ』シリーズもお手にとってみてくださいね。

ページ数が足りなくてだいぶ駆け足なあとがきになってしまいましたが、何卒《なにとぞ》よろしくお願い申し上げます。

木崎《きさき》ちあき

参考文献

『公安は誰をマークしているか』大島真生《おおしままなぶ》（新潮社）
『議員秘書　日本の政治はこうして動いている』龍崎孝《りゅうざきたかし》（PHP研究所）
『プロ秘書だけが知っている永田町の秘密』畠山宏一《はたけやまこういち》（講談社）

<初出>

本書は書き下ろしです。

この物語はフィクションです。実在の人物・団体等とは一切関係ありません。

メディアワークス文庫

百合《ゆり》の華《はな》には棘《とげ》がある

木崎《きさき》ちあき

2022年5月25日　初版発行
2024年10月30日　再版発行

発行者　山下直久
発行　株式会社**KADOKAWA**
〒102-8177　東京都千代田区富士見2-13-3
0570-002-301（ナビダイヤル）
装丁者　渡辺宏一（有限会社ニイナナニイゴオ）
印刷　株式会社KADOKAWA
製本　株式会社KADOKAWA

●お問い合わせ
https://www.kadokawa.co.jp/（「お問い合わせ」へお進みください）
※内容によっては、お答えできない場合があります。
※サポートは日本国内のみとさせていただきます。
※Japanese text only

※定価はカバーに表示してあります。

Printed in Japan
ISBN978-4-04-914414-7 C0193

メディアワークス文庫　https://mwbunko.com/

本書に対するご意見、ご感想をお寄せください。

あて先
〒102-8177　東京都千代田区富士見2-13-3
メディアワークス文庫編集部
「木崎ちあき先生」係